駅前

まほろ駅前
番外地

真幌站前
番外地

三浦紫苑 著
李彥樺 譯

目次

眞幌市是東京都西南方最大的城市，鄰近神奈川縣。
在眞幌站前經營便利屋的多田，收留了高中同班同學行天。
不知道爲什麼，便利屋的客人大多是些來路不明的牛鬼蛇神。

人物介紹

多田啟介

在眞幌站前經營一家名爲「多田便利軒」的便利屋，離過一次婚。

行天春彥

在「多田便利軒」吃閒飯的人，離過一次婚。

露露

自稱哥倫比亞人的娼妓，養了一隻吉娃娃。

海希

娼妓，露露的室友。

星良一

以眞幌市爲活動據點的年輕黑社會老大。

曾根田老奶奶

在眞幌市民醫院住院，兒子常會委託多田假裝是自己前往探視。

田村由良

小學五年級學生。由良的母親曾委託多田在補習班下課後接送由良回家。

岡夫婦

「多田便利軒」的常客，常委託多田打掃庭院或監視家門前的公車。

發光的石頭

雨靜靜地下著。

正在事務所裡擦著窗戶的多田啟介，驀然停下了動作，同時停止嘴裡哼著的〈雨聲是蕭邦的旋律〉[1]。多田將額頭湊近玻璃，小心不讓額頭上的油脂沾到玻璃，隔著玻璃俯瞰建築物前方的道路。

路上一個行人也沒有，溼滑的路面反射著來自陰暗天空的黯淡光芒，呈現灰茫茫的銀色。難道在自己發著呆的時候，政府宣布了戒嚴令？還是可怕的病原體肆虐地球，絕大部分人類都死光了？多田看著空無一人的街道，心裡冒出了孩子氣的幻想。那感覺挺不賴，至少不必再工作了。

最近這三天，多田便利軒清閒得很。並非因爲偷懶而不接工作，而是事務所的電話像搞錯季節似地開始冬眠。事實上只要下雨，便利屋的生意就會變差。在這種潮溼的日子，很少人會願意讓陌生人登堂入室，即便只是打掃房間什麼的。當然修剪庭院的草木不必進入屋內，但下雨天很少有人會想到這種事。大多數人總是得等到雨過天晴，才會想到該把生活環境整理一下了。

自從櫻花凋落後，多田就不記得自己曾好好仰頭看一眼蔚藍的天空。轉眼又要進入梅雨季了。多田強迫自己繼續哼歌取代嘆氣的衝動，同時雙手也繼續擦起窗戶。每一次以乾布擦去冒著細緻泡沫的清潔劑，總是會感覺玻璃更接近天空顏色一分。

「好餓。」

聽見突如其來的聲音，多田回過頭去，看見行天在沙發上坐了起來，才想起事務所裡還有這個人。行天完美地消除了自己的存在感，在多田努力工作的時候，竟優雅地睡著大頭覺。

行天將雙腳伸下床，頭髮亂翹的程度令人嘖嘖稱奇。

「我作了一個怪夢。一個虛無僧[2]坐在南口圓環誦經，我蹲在旁邊看，同時將發光的石頭一顆接一顆拋進他的缽裡。我的用意是教他『別再唸經了』，但他就是不肯停止。」

這什麼怪夢？多田心裡雖這麼想，但什麼話也沒說，默默轉頭面對窗戶。眼角餘光望見行天歪著頭說：「年關又近了？」

「就算不是大掃除的日子，也可以擦窗戶。窗戶是一種只要髒了就可以擦的東西。」

「噢……」

行天只是應了一聲，並沒有採取任何行動。多田努力擦著窗戶，並不是基於見不得髒的潔癖，而是為了確認打掃工具都可以正常使用，沒有欠缺或損壞。明天難得有一件預約的工作，如果沒有做好萬全準備，多田實在無法安心。行天卻只在一旁看著，似乎完全沒有想過眼前這個人是一家之主兼老闆，自己應該主動上前幫點什麼。

1〈雨聲是蕭邦的旋律〉（雨音はショパンの調べ）是日本歌手小林麻美在一九八四年翻唱義大利歌手的〈I Like Chopin〉時取的日文曲名。

2「虛無僧」是一種特殊的僧侶身分，在宗派上屬於禪宗之一的普化宗。特徵是頭戴深笠帽、吹著尺八這種樂器，遊走各地化緣。由於虛無僧不剃髮，在一般觀感裡偏向半僧半俗。

「喂，我餓了。」

「不是有客人送的饅頭[3]嗎？」

多田一說完這句話，便聽見身後響起腳步聲，一路走向廚房。接著是一陣鍋碗瓢盆的碰撞聲。

「多田，這饅頭發霉了。」

發霉關我屁事，有得吃還不謝主隆恩？多田在心中咒罵。接下來有半晌的時間，廚房一片寂靜。多田忽然有些不安，拿著擦完窗戶的布，鑽過分隔會客區與生活空間的掛簾。

只見行天杵在流理臺前，不知在做什麼。多田繞到他的正面，定睛一看，行天將一顆饅頭舉到嘴邊，似乎正準備朝饅頭的底部一口咬下。饅頭上半部覆蓋了一層綠色的霉，看起來像抹茶口味。

「你給我住口！」多田急忙抓住行天的手腕：「我看還是算了。你肚子餓，自己去買吃的吧。」

「唔，眞麻煩。」

行天將饅頭輕輕放在流理臺邊，開始翻找起廚房的櫃子。多田趁機將抹茶饅頭扔進垃圾桶。「什麼吃的都沒有。」行天抱怨道。這其實是很稀罕的一件事，過去行天很少像這樣表現出明顯的食慾。他的主要熱量攝取來源並非固體食物，而是酒。

這到底是吹什麼風來著？今年不僅天候怪，就連行天的胃也很怪。難道他的食慾會隨著下雨時間的長度而增加？聽起來像是蛞蝓的習性。

行天毫不理會多田那充滿疑竇的眼神，倒了一杯威士忌，帶著一臉妥協的表情走回沙發。邊走邊哼〈雨聲是蕭邦的旋律〉，歌喉不知比多田高明多少倍。

就算我不該用誦經般的歌聲汙染你的耳朵，也沒必要做得這麼明顯吧？正當多田內心惱怒，事務所的門忽然被人用力推開。

「便利屋，最近過得如何？」

熟悉的開朗聲音，迴盪在整間事務所內。

多田拉開掛簾探頭一看，門口處果然站著露露與海希。海希的懷裡抱著吉娃娃，吉娃娃的身上穿著鮮豔粉紅色的寵物用雨衣。露露也穿著相同顏色的雨衣及高跟鞋。

「這雨下個不停，生意都不用做了，眞讓人心煩。」

露露連一句「打擾了」都沒說，直接脫下雨衣，走到行天身旁坐下。雨衣底下穿著一件亮皮的紫色連身裙，讓多田頓時感覺自己正在作一場顏色錯亂的惡夢。海希將吉娃娃放在地板上，脫去牠身上的寵物雨衣，坐在行天對面的沙發上。

吉娃娃抖動身體，讓空氣進入全身的毛皮之中。接著牠來到多田腳邊，甩了甩尾巴，像是

3　日本的「饅頭」與一般華人所稱的饅頭頗不相同，屬於糕餅類甜點，使用帶有甜味的麵粉製作，裡頭通常會夾入紅豆餡。

在打招呼。多田蹲了下來，摸摸吉娃娃的頭。

「伴手禮。」海希將一個紙盒擺在矮桌上。

原本只顧著喝酒，對那些突如其來的入侵者視而不見的行天，此時終於產生了反應。

「食物？」

「站前新開了一間店，每天都大排長龍，你們有聽說過吧？這就是那間店的起司蛋糕。」

「妳們特地跑去排隊？」一旁的多田問道。

海希聳了聳肩：「我們送小花去修毛，剛好很閒。」

多田低頭一瞧，吉娃娃的耳邊別著一朵花。只能說愛美是狗主人的天性。送狗上美容院這種事情，自己是絕對做不到的。

多田正對著那毛色油亮健康的吉娃娃品頭論足，行天已打開了起司蛋糕的盒子。

「好大！」

行天開開心心地站了起來，蹦蹦跳跳地走進廚房。多田還蹲在地上，行天的膝蓋在多田的肩膀上狠狠撞了一下。

「好痛！」多田大喊一聲，行天卻充耳不聞。他拿了菜刀，蹦蹦跳跳回到沙發。

多田無奈地站了起來，取出餐盤及叉子。由於叉子不夠，多田連「洗好晾乾」的免洗筷也一併拿了。

不過事實證明根本不需要那麼多餐具。

行天用手抓起切好的起司蛋糕，二話不說便張口大嚼。多田只吃了自己的份的一半，就放下了叉子。蛋糕這種食物，對自己來說實在是太甜了，胸腹之間簡直像有一把火在燒。露露與海希各自吃完自己的份，笑嘻嘻地看著行天。這蛋糕是她們特地買來的，兩人卻都吃得不多。多田越想越覺得不好意思，朝行天說道：「剛開始不是應該挑小的嗎？」

「咦？有這規定？」行天露出一臉狐疑的表情。

「啊，我知道那個故事！」

露露搖晃著胸口那對醒目的半球。「大鼓跟小鼓，對吧？」

「不是鼓，是籐箱[4]。」多田低聲訂正。

「大的裡頭放的都是一些沒用的垃圾。」

「噢，我也知道。那故事眞的很怪[5]。」行天吃完了起司蛋糕，一邊舔著手指一邊說。

4 日文中的「鼓」（つづみ）與「籐箱」（日文作「葛籠」，つづら）的發音相近。

5 四人談的應是日本的傳統民間故事《剪舌麻雀》。這個故事有數種版本，細節各自不同，大致劇情如下：老爺爺非常疼愛的麻雀偷吃了老奶奶的糨糊，老奶奶一氣之下，拿剪刀剪掉了麻雀的舌頭。麻雀逃回了山上，老爺爺得知此事後，急著上山尋找，麻雀將老爺爺帶回巢穴熱情款待，老爺爺要回家時，麻雀拿出一大一小的籐箱，讓老爺爺選擇。老爺爺說自己年紀大了，只拿了小的籐箱。回到家裡之後，老爺爺打開籐箱，裡頭放滿了金銀珠寶（一說是金幣）。老婆婆見狀，立刻跑到麻雀的巢穴，搶走了大的籐箱，回家後打開一看，裡頭放的都是不值錢的垃圾（一說是妖魔鬼怪）。

「哪裡奇怪了？」

「如果是我遇上了，那些拿考驗人性當成遊戲的麻雀，會被我抓起來一隻隻掐死。然後我會把箱子裡的垃圾拿出來，用包袱巾包好。」

多田聽到這裡，心中已暗叫不妙。

「然後呢？」

「然後我會把麻雀放進大箱子裡，連同包袱一起帶回家。然後我會拿那些垃圾生個火堆，烤麻雀來吃。」

看來今天的晚餐，得多準備一些能夠塡飽肚子的東西。多田暗自做出了這樣的判斷。行天吃完蛋糕，心情似乎平復了些，整個人慵懶地癱倒在沙發椅背上。露露故意在他肚子上搔癢，行天不發一語，一副任憑擺布的態度。看來他已開啟了省電模式。

「爲什麼你把蛋糕切成五塊？切成四塊不是既簡單又剛好？」多田問道。

紙盒裡還剩下一小塊三角形的蛋糕。行天沒有答話，甚至沒有轉動脖子，只將視線移向地板上的吉娃娃。行天，你知道狗不能吃蛋糕嗎？多田不由得按摩起自己的太陽穴。

「妳們要吃嗎？」多田指著盒中的蛋糕，朝露露及海希問道。

海希搖了搖頭，露露則望向多田的盤子。多田將自己吃到一半的起司蛋糕連同盤子一起推到露露面前，露露高高興興地舉起了叉子。

就在這時，門口處傳來敲門聲。那聲音帶著些許遲疑，不一會門就被人打開了。除了行天之外，所有人都不約而同地挺直了腰桿，轉頭望向門口。

出現在門口的是一名年約二十五歲的女人。一頭及肩的栗色長髮梳理得整整齊齊，身上穿著灰色針織外套及長到膝蓋的黑裙。雖然衣著稱不上華麗，但並不顯得土氣，反而散發出甜美的氣質。那是一種專門用來對付男人的強大武器，而且顯然是在眾多女人的鬥爭過程中學會的能力。多田心想，這女人的工作多半是銀行行員之類的吧。

女人的視線依序滑過多田、海希、像水母一樣癱在沙發上看著天花板的行天，以及臉上化著濃妝，身上穿著鮮豔連身裙及高跟鞋的露露。

「請問……」女人問道：「這裡是便利屋嗎？」

「當然。」

多田從沙發上站了起來，心裡隱隱期待露露及海希能夠主動告辭離開，但兩人端坐不動，完全沒有起身告辭的意思。多田迅速收拾桌上的東西，移動到露露的身邊坐下。海希也很識趣地移動了位置，坐在多田的身邊。行天被三人擠出沙發，只能抱著膝蓋坐在地板上。

多田見狀，雖然有股想要仰天長嘆的衝動，但沒有表現在臉上，只是淡淡地伸手比了比沙發，說：「請坐。」

女人目不轉睛地看著行天，繞了一大圈，以盡可能遠離行天的路線走向沙發。那動作簡直就像是小孩通過狗的面前，因為擔心狗會突然吠叫，所以走得小心翼翼。至於眞正的狗，其實正蜷曲著身體，乖乖地窩在房間角落，只是偶爾抖動一下肚子。想必女人根本沒有察覺房間角落的吉娃娃吧。

「要不要吃蛋糕？很好吃唷！」露露說道。

「不、不必了。」雖然女人搖頭拒絕，露露卻充耳不聞，拿起剛剛沒有使用的餐盤，將最後一塊起司蛋糕放在盤內，連同免洗筷一起遞了過去。女人承受著露露及海希的視線，不敢再推辭，只好說聲「謝謝」，拿起重複利用的免洗筷，吃起了蛋糕。

多田站了起來，跨過海希的膝蓋，一邊走向廚房，心裡暗叫「不妙」。

這女人親眼目睹了行天行爲古怪的行天，以及露露、海希這兩個莫名其妙的女人，竟然沒有找藉口告辭逃走。這只有兩種可能，第一，這女人自己也是視常識爲無物的怪人，所以對三人的怪異行徑並不以爲意；第二，她有著非得向多田便利軒委託工作不可的難言之隱，只能暫時先把常識放在一邊。不論答案是哪一個，對多田來說都是燙手山芋。

多田燒了熱水，依照人數泡了咖啡，回到沙發邊。被露露及海希直盯著看的女人見多田走回來，露出如獲大赦的表情，放下了免洗筷。她緊緊握住膝蓋上的雙拳，彷彿從上下門牙之間擠出了低沉的聲音。

「便利屋，我再也沒有辦法忍受那個女人在我面前戴著訂婚戒指！」

「什麼？」

果然是燙手山芋。光從女人這句話，多田就可以肯定這工作非常棘手。多田暗自嘆了口氣，坐在地上的行天則依然是一副興致缺缺的態度。他將下巴埋在環抱著膝蓋的手臂裡，閉上雙眼，一動也不動，露露與海希卻剛好相反，全都將身體湊上前，顯得興致勃勃。

「怎麼了？妳說訂婚戒指怎麼了？」

「妳的手上沒戴戒指！我知道了，妳的未婚夫被搶了？」

「不，不是那麼回事。」

女人見了露露與海希那三姑六婆般的表情，反而稍微恢復了冷靜。「請問……你們幾位全部都是便利屋的人？」

「不是、不是！」露露揮了揮手，說：「我跟她是……」

多田心裡暗叫一聲「糟糕」，要是她在這時突然說「我跟她是後站的娼妓」，問題恐怕會更加棘手。

「她們兩個是附近的鄰居，剛好來串門子。」多田搶著說道。

「我才是便利屋老闆，另外這個是行天，他是在我這裡打零工的人。」

女人順著多田的手指，轉頭望向縮著身子窩在地上的行天。但她馬上又移開了視線，簡直把行天當成一對上眼就會撲過來的猛獸。

「請問妳想委託的是什麼樣的工作？」多田切入正題。

「我想先請你看看這個。」

女人從黑色公事包取出一個色彩鮮豔的水藍色小盒子。打開盒蓋，裡頭是一枚戒指。白金的戒臺，上頭有一顆閃閃發亮的鑽石。

「哇！好美！」

「這是蒂芙尼的戒指吧？」

露露與海希的四顆眼珠瞬間綻放的光芒，連鑽石也相形遜色。

「這是妳的訂婚戒指吧？爲什麼不戴上？」

「上班的時候我不戴戒指，畢竟有些比我年長的女同事還沒有結婚呢！」

女人的眼神流露出一抹驕傲。她捻起戒指，戴在左手無名指上。「而且這顆鑽石是零點四五克拉。」

「呃，是嗎？」多田根本不知道該如何讚美一枚戒指，只好含糊地說：「眞是一顆好鑽石。」

「一點也不好。」女人斬釘截鐵地說：「小夜的鑽石更大，她的有零點七五克拉！」

多田已經搞不清楚現在的話題是什麼了。

「總而言之，請妳塡寫這張委託書。特別是上頭的姓名、聯絡方式及委託內容。」

「這欄位只有兩根手指的寬度，根本寫不下我想要講的事情。」

「簡單寫就行了……」

「簡單不了。」

就在這時，行天的肚子發出「咕嚕嚕」的聲響，多田再度揉起了太陽穴。

多田完全聽完且理解女人的說明時，太陽早已下山了。

整件事情簡單描述如下：

女人名叫宮本由香里，二十五歲，任職於眞幌信用金庫。去年轉調至站前分行，新同事之一的武內小夜剛好是她的國中同班同學。

「我們雖然國中同班，但沒有特別要好。」

雖然沒有特別要好，但畢竟是同事，所以有時會一起吃午餐，假日也常一起逛街購物。

由香里打從進這個職場時，就與同期進來的男同事交往，如今已論及婚嫁。小夜則是在聯誼時遇上一個在外商證券公司工作的男人，已交往了一年。

今年年初，由香里的男朋友答應買一枚訂婚戒指給她。男朋友告知大約的預算，說：「妳先去挑，看妳喜歡什麼樣的戒指。」由香里於是邀了小夜，一起到銀座去看戒指。

「我有不好的預感。」露露扭著身體說道。

「妳爲什麼要邀小夜？妳們不是『沒特別要好』嗎？」海希皺著眉頭問道。

多田連該問什麼問題都不知道，只好默不作聲。

「我最要好的朋友那天剛好有事，沒辦法陪我去。」由香里嘆了一口氣。

「但我從來沒去店裡看過訂婚戒指，不太敢一個人去，所以才找了小夜。」

由香里在銀座的蒂芙尼看見了一枚不錯的戒指。白金戒臺，配上方形鑽石，設計簡單大方。若從正面看，鑽石不會太突出，平常應該也可以安心配戴。

「我懂、我懂！」露露點頭說道。

「蒂芙尼最有名的六爪鑽戒，雖然真的很漂亮，但是邊緣太尖了，簡直像武器一樣。」

「妳這是蒂芙尼最新的鑲嵌款式吧？真有眼光！」

海希看著由香里的戒指，給了這樣的評價。多田依然一句話都插不上，只能在一旁頻頻點頭。鑲嵌款式？那是什麼神奇的東西？仔細觀察由香里的戒指，支撐鑽石的底座確實有著平滑的流線造型，但多田除了「印象中某座橋的橋墩也差不多長這樣」之外，實在擠不出任何感想。

「小夜也說『這個不錯，選這個好』。」

由香里緊緊抓住放在膝蓋上的那條粉紅色花紋手帕。

得到了零點四五克拉的訂婚鑽戒，由香里當下既感動於鑽石的閃耀，也感動於男友的心意。順帶一提，價格是五十多萬。

「咕嚕……」多田喉嚨發出的聲音，剛好和行天肚子發出的聲音差不多。

「你買給你前妻多少錢的戒指？」

每當遇上這種時刻，行天的睡意與飢餓都會瞬間消失。

「你呢？你買多少的？」

「我根本沒買，反正只是假結婚。」

「便利屋，你別擔心！不管你買多少錢的戒指，我都不會嫌棄！」露露帶著溫柔的眼神說。

到底是哪一點讓妳有自信拿到我送的鑽石？多田心裡咕噥，膝蓋窩早已汗涔涔。

「我的理性一再告訴我，價錢並不重要，但我的感性……我的感性……」由香里以雙手用力擰著手帕。

「冷靜，總之先冷靜。」多田在旁安撫，但額頭也開始冒出汗珠。

「黃金週的時候，小夜和她男友一起去了紐約。當我再度看到她的時候，她的手上也戴著一枚訂婚戒指，聽說是在紐約的蒂芙尼旗艦店買的，款式跟我的一模一樣，但她的是零點七五克拉！」

「哇，有夠沒人性。」海希皺起眉頭。

「不能原諒！絕對不能原諒！」露露也坐在沙發上用力踏腳。

多田一時有如丈二金剛摸不著腦袋，歪著頭說：

「妳是零點四五克拉，她是零點七五克拉，也沒什麼不同……」

「當然不同！」「完全不同！」「差得遠了！」

多田一句話沒說完，三個女人已同時咆哮。順帶一提，小夜的零點七五克拉鑽戒，價格是一百二十萬。

「咕嚕……」多田的喉嚨又發出了聲音。

「看吧，果然一開始就要選大的。」

行天抱起湊向他的吉娃娃，聞了聞牠那剛洗得乾乾淨淨的肚子。「妳就直說吧。要怎麼料理那隻麻雀，妳才會開心？」

多田朝露露使了個眼色。露露難得正確理解了多田的想法，朝行天的小腿輕踹一腳，要他不准再開口說話。多田等到衆人都安靜下來之後，才轉頭朝由香里說：「宮本小姐，妳心中的懊惱，我似乎或多或少能理解一點點。但我經營的是便利屋，在這件事情上，恐怕幫不上什麼忙。」

「可以的，你一定幫得上忙！而且這個忙除了多田便利軒之外，其他人都幫不上。」

由香里從公事包取出一枚信封，放在矮桌上。「明天你們要去武內小夜的家裡打掃，對吧？」

多田聽到這句話，霎時感覺胃部隱隱作痛，下意識按住了肚子。其實剛剛聽到一半，多田就感覺不妙了。上次那個打電話來委託打掃工作的女人，確實自稱「武內」。

「小夜招待我後天去她家作客。除了我，她還找了一些學生時期的朋友，她說要介紹未婚夫給我們認識。」

由香里手上的手帕，已經被她擰得像工人的頭巾。「但小夜很討厭打掃，我曾去過一次她家，髒得跟什麼一樣！便利屋，這一點你可要先做好心理準備。」

「這種事情，我已經很習慣了。」

多田盡可能說得輕描淡寫，不對由香里造成無謂的刺激。「簡單來說，妳是因為問了武內小姐『打掃的工作要找誰做』，才得知我這家便利屋？」

「沒錯，這可是天大的好機會。」

由香里將信封緩緩推向多田。「小夜是個非常愛慕虛榮的人，聽說她從來不曾讓男人踏進家門一步。這次她竟然卑劣到找便利屋來打掃，然後在家裡向朋友介紹自己的未婚夫，手指上還戴著款式跟我一樣但更大顆的訂婚戒指！你們認爲這種事情可以原諒嗎？當然不行，對吧？」

由香里說得咬牙切齒，騰騰殺氣讓吉娃娃自行天的膝蓋上摔下，露露與海希頻頻點頭，似乎大感認同。

「呃……有沒有可能是因爲……」多田戰戰兢兢地說道：「武內小姐喜歡妳……之類的？」

由香里以非常緩慢的速度轉動脖子，兩眼正對著多田。多田彷彿可以聽見由香里的頸骨發出的聲響。

「你再說一次？」

「呃，不是……我只是想不到其他的理由，讓她決定買一枚跟妳一樣的戒指……」

「你好天眞！」由香里大喊，多田嚇得整個人往後縮。

「就是因爲這樣，我才討厭中年大叔！全天下的事情對你們來說好像都非得有個浪漫的理由。」

「中年大叔……」

多田聽得瞠目結舌，只能在嘴裡這麼喃喃自語。行天將下巴擱在矮桌上，嘴角揚起賊兮兮的微笑。

「一樣的戒指？除非鑽石的克拉數及等級都相同，否則怎麼能算是一樣的戒指？而且小夜還在上班的時候戴著她的戒指，完全沒有顧慮我或那些嫁不出去的前輩們的心情！」

由香里說到這裡，稍微喘了口氣，激動的情緒稍微平復了些，嗓音也低沉了幾分。「如果這樣你還要說她喜歡我，恐怕你對『喜歡』的定義跟一般人不同。」

這句話可說是一針見血。

「總而言之，後天我不想看見小夜的無名指上戴著她的訂婚戒指。」

這麼不想看見，爲什麼不乾脆拒絕邀約？在場所有人的心中，想必都萌生了這樣的疑問，但沒有人愚蠢到對一個怒髮衝冠的女人問出這個問題。

「所以明天就看你們的了。」

「看我們的？便利屋可不是神偷怪盜，總不能要我們去偷走那枚戒指……」

「只要讓小夜沒辦法在後天戴上那枚戒指就行了。你們可以趁打掃的時候，把戒指藏在她家的某個角落。」

「例如呢？」

「例如盆栽裡頭，或是洗臉臺的下面。能藏的地方應該很多吧？」

那枚信封不知何時已推到了多田的眼下。

「就這樣吧。萬事拜託，我先走了。」

由香里旋即起身，快步走出了事務所。多田拿起信封，想要追趕上去，卻被露露與行天擋住了去路。

外頭的雨依然下個不停。室內的螢光燈將每張臉都照得異常蒼白。多田打開信封，裡頭赫然放著十萬圓。

「現在怎麼辦？」

「接呀，爲什麼不接？」

「這麼悲慘的故事，你還不幫幫她？」露露及海希說道。

「有了這十萬，『圍爐屋』的海苔便當可以買四百個，鮭魚便當可以買兩百六十三個還找六十圓。」

行天一邊嘀咕，肚子一邊發出咕嚕嚕的聲響。多田只好將信封放進工作服的口袋。雖然很不情願，但已經三天沒有收入了，這筆錢可說是救命錢。

「話說回來……」海希將雙手交叉在胸前。

「這年頭女孩子的想法務實多了。在信用金庫上班，二十五歲結婚……露露，妳二十五歲的時候，腦袋裡有些什麼想法？」

「這我沒辦法告訴你，因爲我現在才二十一歲。」

在場所有人都自動跳過露露這句話。

「便利屋，原來你結過婚？」

「嗯，我的想法很務實。」多田淡淡一笑。

行天伸了個懶腰，走到空的沙發坐下。海希嘆了口氣，將吉娃娃喚了過來，爲牠穿上雨衣。

「做我們這個工作，最近光是聽到『結婚』這兩個字，就感覺魂好像要飛了……眞像個傻蛋。」

「哪裡傻了？」

露露笑著說：「懷抱夢想是件好事。」

露露與海希帶著吉娃娃離去後，事務所突然變得很安靜。

比較鑽石的大小，在朋友面前炫耀自己的未婚夫，職場上的過度「識趣」及過度重視面子……由香里說出口的這一切，都讓多田有如坐針氈的感覺。並不是因爲這些事情距離「愛」太遙遠，而是因爲多田感覺這些才是「愛」的本質。

倘若撇開金額、他人的評價及自尊心，還有什麼可以用來當作「愛」的測量基準？就連殉教者，也必須把自己的命放在天秤上，才能讓世人目睹「愛」的重量。

多田不禁暗想，倘若當初能夠找到一座合適的天秤，或許自己的婚姻生活也不會落得今天這種下場。

但另一方面，多田又認爲，就算能夠找到測量的方法，到頭來畢竟只會換來一場空。因爲不管規劃得再怎麼務實，執行得再怎麼縝密，還是有可能會在一夕之間毀於一旦。當測量裝置的指針指著「難以測量」時，就好像星球的壽命到了盡頭，將會有數不清的能量被吸入黑暗的空間。

碩大的雨滴不斷擊打著窗戶玻璃。雨水反射了室內的燈光，呈現出銀色的輪廓。在多田眼裡，那些水滴比任何寶石都美麗得多。

「我餓了。」行天說。

昨晚才吃了外送的大碗豬排蓋飯及豆皮烏龍麵，今天早上竟然又吃下兩片冷凍披薩。對一個幾乎不運動的三十多歲男人而言，這樣的食慾是否有些異常？

多田一邊開著發財車，一邊以眼角餘光觀察副駕駛座。

「難道是第二次的發育期？」

「咦？你說誰？」

行天停止哼歌，將手中的香菸伸向車內的菸灰缸。多田心想，看來他完全沒有自覺。不過這男人本來就是一切異常的集合體，異常對他來說也只是剛好而已。多田決定說服自己不要想太多。

行天彈掉菸頭上的灰，將菸放回唇邊，繼續哼起〈雨聲是蕭邦的旋律〉。雨刷彷彿成了指揮棒，緩緩抹去擋風玻璃上彈跳的水珠。

武內小夜所住的公寓位於一座小山坡上的住宅區內，距離真幌站前開車約十五分鐘。見了公寓那被雨水淋溼的裸露混凝土牆面，行天說：「簡直像想搞怪但做得太過火的墓碑。」

多田百分之百認同這樣的評價。一樓的大門門把是黃色，塑膠材質；而電梯的按鈕則是紅色，橡膠材質。多田不禁心想，看來我永遠無法理解「具設計感的公寓」的那所謂的設計感。想到這裡時，電梯剛好來到一樓，多田與行天一同走進無人的電梯內。

「行天，你聽好了，完全按照計畫行事，知道嗎？」

「知道、知道。」

來到位於四樓角落的房間，按下門鈴。不一會，小夜開了門。房間內的空氣自門縫飄了出來，夾帶著一股廚餘垃圾的氣味。

行天的鼻子才剛發出聲音，多田立刻朝他的腰際用力頂了一下。接著多田朝小夜客客氣氣地說：「謝謝妳對多田便利軒的愛戴。」

「真是不好意思，下雨天還麻煩你們特地過來。」

小夜笑著將多田與行天請進房間裡。她的臉上化了妝，看起來漂漂亮亮，門後的空間卻胡亂堆滿了大量鞋子，完全沒地方可以站。不管是廚房還是後頭的客廳兼寢室，都充滿了凌亂不堪的大量垃圾、雜物及衣物。

多田看得下巴差點沒掉下來。房間跟人的落差之大，簡直是演鬼片的等級。多田心裡瑟瑟發抖，但完全沒有顯露在臉上。「打擾了。」多田一邊說，一邊脫下鞋子。「打死我也不脫……」行天一句話沒說完，多田又朝他狠狠頂了一記。

「最近比較忙，有點疏於打掃。」

小夜說完這句話，將綁成馬尾的頭髮輕輕撥到身後。她的口氣帶著三分羞赧，左手無名指則戴著鑽石戒指。那戒指與由香里的戒指有著完全一樣的設計風格。那玩意就是傳說中的零點七五克拉嗎？

「眞的很大。」多田喃喃說道。

「是嗎？哥倫比亞人比較大吧？」行天忽然應了這麼一句。

多田愣了一下，才想到行天總是稱呼露露爲「哥倫比亞人」。又愣了一下，才明白行天說的「比較大」指的是什麼。

「誰在跟你說胸部了？我指的是鑽石。」

「噢，你說的是那個啊……」行天點了點頭。

「老實說，大小根本不是重點。」

堅持要選大籐箱的你，沒資格說這種話。多田在心中罵道。

房間的髒亂程度，絕對不只是「有點疏於打掃」。爲了節省時間，兩人只好分頭行動。

雇主小夜似乎不是個壞人。

她有好一會不知跑到哪裡去了，完全不見人影。又出現時，多田才知道她特地去便利商店買飲料。「想喝什麼都可以，請隨便挑。」她遞出一個袋子，裡頭裝滿瓶裝茶及罐裝咖啡。中午休息的時候，她也大方地拿出各種外送餐廳的菜單，詢問兩人要吃什麼。「我要吃叉燒拉麵、炒飯及煎餃。」行天說道。他的腦袋似乎沒有「客氣」這兩個字。「我吃拉麵。」多田選了菜單上最便宜的東西。小夜很爽快地答應了。於是三人就在垃圾的包圍下，度過了午休時間。

不知過了多久，客廳兼寢室終於露出了地板。行天像一條忠心耿耿的狗，不斷從房間角落挖出形形色色的衣物。五顏六色的針織上衣、T恤、毛衣之類都不稀奇，就連內褲及看起來像用過的保險套的皺巴巴絲襪，也都被行天毫不客氣地從垃圾堆中挖掘出來。

不過小夜的房間裡雖有看起來像保險套的絲襪，卻沒有眞正的保險套。或許就像由香里說的，小夜從不帶男人回這個房間。這一點不禁讓多田有些爲小夜擔心。小夜刻意在婚前隱瞞房間的慘狀，不會爲她將來的婚姻生活留下禍根嗎？例如男方可能會認定自己遭到了詐騙……

挖出來的衣物如果拿去洗的話，絕對來不及晾乾，只好先收進衣櫥裡。由於門口附近的地板已經清出來了，小夜把一些衣服拿到那裡去裝箱。原本正在綑綁雜誌的多田見機不可失，悄悄湊向行天。

「喂！」

「怎麼？」

行天拿起幾片乾巴巴的卸妝棉，看了看「要保留下來的布類」，又看了看「垃圾袋」，猶豫了一下之後拋進垃圾袋中。

「你不覺得武內給人的印象跟宮本說的落差很大嗎？她還挺善體人意，不是個壞心眼的人。」

「我常懷疑你才是最蠢的那個。」行天平靜地說。

「所謂的善體人意，說難聽點就是懂得做表面功夫。光看這房間就知道她這個人表裡不一。何況這世上眞正的大壞蛋本來就不多，每個人都希望受到他人喜愛。」

多田心想這麼說也挺有道理，以戴著工作手套的手指搔了搔鼻頭。

「既然你這麼認爲，剛剛爲什麼要勸她把戒指拿下來？」

這件事發生在開始打掃之前。

「小姐，我看妳先把戒指拿下來比較好。」行天忽然這麼勸小夜。

幹得好！行天！多田在心裡大喊。

「可是。」小夜猶豫地說。「房間這麼亂，沒有可以放戒指的地方。要是不小心跟垃圾一起丟了，那可就慘了。」

「放心吧！」

行天從兩人帶來的工具箱裡取出膠布，對小夜露出微笑。這傢伙什麼時候學會了這種笑容？多田暗自心驚。只見行天朝小夜湊了過去，輕輕握住小夜的手。

「來，拿下來。」行天低聲細語。

接著行天將小夜的戒指放進一個小小的透明塑膠袋中，以膠帶緊緊貼牢在客廳兼寢室的螢光燈的燈罩上。那戒指彷彿正從頭頂監視著多田與行天的一舉一動。

幹得一點也不好，行天。多田在心裡改口。

「你把戒指放在那種地方，就算是引田天功[6]施展逃脫術也摸不走吧。」

「要藏戒指，也得等全部打掃完再說。要是她擔心戒指跟垃圾一起被丟了，會變成我們的責任。」

「但是一打掃完，她就會把戒指戴回手上。」

「我問你，要讓女人脫掉衣服，是第一次比較容易，還是第二次？」

行天露出了道地的反派笑容：「只要讓她拿下戒指一次，下次要再讓她拿下戒指，就會比第一次簡單得多。如果她對我們卸下心防，那更是易如反掌。」

「便利屋，我裝好一箱了。」門口處傳來小夜的呼喚聲。

行天抱起眼前的一堆衣服走了出去。

清理未知菌種大量繁殖的廚房時，以及清掃落葉早已腐化成泥土的陽臺時，行天都主動與小夜閒聊，拉近兩人的關係。

「不會吧，你的年薪那麼少？這樣怎麼過活？」

「嗯，不過我平常住在多田的家裡，而且除了香菸，也沒什麼要買的東西。」

「行天，你眞是個怪人。」小夜說。

她的肩膀與蹲在陽臺抽著萬寶路薄荷菸的行天之間的距離，似乎比剛剛更近了。多田站在清理完成的抽油煙機底下，默默看著兩人。

要是小夜找不到戒指，她一定會急得哭出來吧。明天不曉得她會對未婚夫使用什麼樣的藉口？

多田將LUCKY STRIKE香菸拿到流理臺內捻熄，拋進角落的廚餘盒內。

「差不多該把垃圾搬出去了。」多田說。

「武內小姐，麻煩妳拿抹布把家裡擦一擦。」

接著多田與行天便利用電梯，將一袋袋垃圾與一綑綑雜誌搬下樓，快手快腳地堆進發財車的車斗。接下來就只要去資源回收中心，把這些東西清掉。

「現在該處理那件事了。」

多田脫下工作手套，拍了拍之後塞進褲子後側口袋：「藏在哪裡好，有沒有什麼主意？」

「呃……你呢？」

「玄關旁的櫃子裡不是有個放裝飾物的小盒子嗎？藏在那裡頭如何？」

6 日本著名女魔術師，最爲人所知的技法爲逃脫魔術。

「或許你覺得這叫『藏樹於林』，但如果我是她，那裡是我最先找的地方。」

「不然……鐵茶壺裡頭如何？」

「戒指沒有理由會掉進鐵茶壺裡頭，她找到後一定會對我們起疑心。」

「這可眞是麻煩。」

「家裡才剛打掃完，能夠藏東西的死角比想像中要少得多。」

「對了，放衣服的箱子如何？」

「嗯，這大概是最適當的地方了。」

「好，那就依照原本的計畫，我來拖延時間，你負責藏戒指。」

「好吧。」

難聞的氣味消失了，房間看起來意外寬敞。小夜已經拿抹布把家裡整個擦了一遍，正在泡咖啡，戒指也回到她的無名指上。

「你可要負責讓她把戒指拿下來。第二次比較簡單，這是你自己說的。」

「知道啦。」

兩人低聲交談完，才走向餐桌，與小夜一起喝起了咖啡。

「眞的很謝謝你們，幫了我大忙。」

多田看著小夜那天眞的笑容，忽然有些良心不安，內心萌生了退縮之意。多田正想起身告辭，但行天彷彿早已算準這一刻，一句話毀掉了多田的盤算。

「對了，沒打掃廁所呢。」

「廁所不用了，我維持得還算乾淨。」

「不用跟我們客氣，你就當作是贈送的服務。只不過……我想先借一下廁所，不曉得方不方便？」

小夜點了點頭。多田在旁邊默默看著，沒有多說什麼。行天起身後，忽然說：「啊，我的菸抽完了。多田，你幫我去買。」

「爲什麼我要幫……」

多田還沒說完，行天的眼神已經在說「看來你眞的是大蠢蛋」。

「呃……哎呀，我自己的也抽完了，那我去買一下。等我買回來我們也該告辭了。」

剛剛的演技眞是糟透了。多田一邊想著，一邊下樓。站在公寓外，從一數到一百。身上根本沒有錢買菸，反正等等回去就說附近沒看到香菸自動販賣機。問題是行天爲什麼要叫自己出去繞一圈再回來，這才是最大的疑點。多田抱著滿心的狐疑登上樓梯。

打開門一看，事態有了意料之外的變化。

「啊啊啊……怎麼辦才好？」

「痛痛痛痛……不能用蠻力啦！」

聲音是從廁所傳出來的。多田一頭霧水，朝廁所裡瞧了一眼。這一瞧，差點沒有昏倒。

行天跪在掀起蓋子的馬桶前，整條左手伸進馬桶裡。小夜則蹲在行天的旁邊，努力想將他的手拔出來。

「妳幫我倒一點廁所清潔劑，讓水潤滑一點。」

「好。」

「啊……等等，這樣妳的袖子會弄溼。」

多田心裡正想大罵「誰才是蠢蛋」，但是下一秒發生的事情，讓多田立即收回了這句話。小夜慌慌張張地捲起袖子，順便取下了戒指，放在洗臉臺上。行天暗中朝多田使了個眼色，多田於是將手伸進口袋裡，迅速操作手機。

「發生什麼事了？」多田假裝若無其事地問道。

「多田。」一見到多田，小夜露出如釋重負的表情。「行天的手卡進馬桶了！」

「我聽沖水的聲音好像有點卡住，就把手伸進去看看，沒想到……我也不曉得卡到了什麼東西。」

多田聽了這莫名其妙的解釋，唯一還記得做的事情就是盡全力不讓眉心出現皺紋。但行天的演技實在太逼眞，小夜竟沒有絲毫懷疑。多田心想，行天剛剛把自己支開，或許就是因爲自己的演技實在太爛，待在旁邊可能會露出馬腳。

就在這時，玄關處傳來了門鈴聲。

「好像有人來了。」

多田勉強擠出少得可憐的演技，朝小夜說：「妳去開門吧。我會負責把這傢伙拔出來。」

「那就拜託你了。」

小夜走向玄關，中途還憂心忡忡地轉頭朝行天瞥了一眼。「請問是哪位？」小夜這句話，似乎是對著對講機說的。接著多田便聽見了開門聲。

「不好意思，幸好妳在家。這東西掉在我家陽臺，請問是妳的嗎？」

「現在呢？」多田聽著來訪者與小夜的對話，朝行天問道。

「這跟我們當初的計畫不太一樣，你打算把戒指藏在哪裡？」

行天露出狡獪的微笑，以空著的右手拿起放在洗臉臺上的戒指。多田還來不及阻止，行天已將戒指放進嘴裡，嚥了下去。

多田趕緊自我克制，才沒有驚聲大叫：「你……到底在想什麼？」

多田揪住行天的頸子，說：「吐出來！快吐出來！」

「已經吞下去了，吐不出來……痛痛痛，好痛！」

兩人正鬧得不可開交之際，多田猛然聽見站在玄關處的小夜說了一句「這不是我的東西」，接著便傳來了關門聲。

「多田，快把袖子捲起來！快！」

就在多田照著行天的吩咐，抓住了行天的手臂，做出拔芋頭的動作時，小夜剛好將頭探進廁所內。

「行天還好嗎？」

「拔出來了！」行天忽然將左手從馬桶裡朝著空中高高甩出，水花濺了多田滿臉。

「啊，太好了！」小夜露出鬆一口氣的表情。

「那我們該走了。」行天連手也沒洗，拎起工具箱便走向玄關。

「眞的很抱歉，鬧出這種事情。費用的部分，我們是採轉帳的方式，晚一點我會將匯款資料傳眞過來。」

多田明知必須保持冷靜，聲音還是不免有些急躁。只覺得一顆心臟撲通亂跳，光是跟著行天走出大門，都感覺路途遙遠。

就在行天只差一步就要開始穿鞋的瞬間……

「啊啊啊啊！」小夜的尖叫聲，差點讓多田的心臟停止跳動。

「我的戒指呢？戒指不見了！」

看來大勢已去。多田愣愣地站著不動，腦袋一片空白。此時行天轉過身，走回屋內。經過多田身邊時，行天拍拍多田的肩膀。

「放心，東西絕對不可能被找到。」

兩人努力安撫泣不成聲的小夜，多田將洗臉臺水管的彎曲部分拆下來查看，行天則是再度將手伸進馬桶。當然找了老半天，還是沒有找到戒指。

「該不會……已經被沖進下水道了……」小夜以顫抖的聲音說。

「不管是洗臉臺還是馬桶，我們都不曾沖過水，戒指一定還在屋裡。」

多田找來一根棒子，在前端包上膠布，伸到洗臉臺後方撈了三次，當然最後只撈到大量的灰塵。

「妳先冷靜點，好好想清楚，戒指真的是放在廁所嗎？」

「我可以肯定……」

「是這樣嗎？在我印象中，妳到廁所來幫忙我的時候，手上就已經沒有戒指了。對了，妳剛剛是不是在廚房洗過咖啡杯？」

因爲行天這句話，三人又將廚房徹底搜索了一遍。明明知道不可能找得到，卻還是得裝出盡力尋找的樣子，這實在是相當累人的工作。

太陽早已下山。三人圍著餐桌而坐，氣氛極度凝重。

「我知道這麼說對你們很失禮……」小夜似乎終於下定了決心。

「我知道妳想說什麼。」多田點了點頭。

看著小夜一臉憔悴，多田很想說出實情。但多田便利軒的原則是一旦接下工作，再怎麼困難都必須完成。

「妳對我們的懷疑，絕對是合情合理。所以妳可以盡量找，直到妳相信我們爲止。行天……」

多田指著桌上的工具箱。此時行天「嗯」了一聲，抓住身上的T恤往上拉。

「你脫衣服幹什麼！」

「嗯？衣褲也有口袋什麼的，當然不能放過。多田，你也快脫吧！」

行天站了起來，動作俐落地脫掉T恤及工作褲，朝小夜拋去，身上只剩下一條緊身四角褲。小夜先是傻住了，但在行天的眼神催促下，她開始檢查行天的衣褲。多田迫於無奈，也只好開始脫衣服。

「內褲也要脫嗎？」小夜檢查完兩人的衣物口袋及工具箱後，行天柔聲問道。

「不過老實說，我的小棒棒絕對沒有小到可以把戒指套在上面。」

多田朝著行天的腰際使出今天的第三發肘擊。

「不用了。」小夜抹去臉上的淚痕。

但不管她怎麼抹，淚水還是滾滾溢出，滴在桌面上。

「對不起，我不該懷疑你們。」

行天滿不在乎地穿回衣服。多田卻感覺自己的良心在胸中撞個不停，彷彿隨時會從咽喉彈出去。

「花點時間慢慢找，我想一定會找到的。如果需要協助，只要一通電話，我們馬上會趕來，而且不收任何費用。」

「多田便利軒，售後服務一級棒。」行天說。

莫名的倦怠與陰鬱的激情，一如往昔有如淤泥般沉澱於後站的空氣中。

露露坐在長屋的屋簷下，看雨水一滴滴自簷角滑落，默默等待客人上門。一看見多田與行天，她的臉上登時漾起了笑容。

「便利屋，如何？順利嗎？」

「還算順利。海希呢？」

「正在接客。」

露露背後的長屋裡隱隱傳出肢體摩擦的聲響。「她整個晚上都在發脾氣，說什麼從中午過後就開始待命，足足等了三個小時，只上場了兩分鐘。」

「眞的很抱歉，我稍微加了一點，感謝她的辛勞。」

多田取出一枚信封，交到露露的手上。裡頭放的是海希的工資。

「那兩分鐘的時間裡，你們把戒指藏到哪裡去了？」

行天原本站在多田身後，轉動著手中的塑膠雨傘，聽到露露這句話，輕輕按著自己的肚皮，說：「這裡。」

「不會吧？眞的假的？」露露拍手大笑。

塗在眼皮上的眼影亮片有如鱗片般閃爍著溼潤的光澤。

「現在你們打算怎麼辦？藏在那種地方也算是偷竊吧？」

「不是偷，只是暫時保管在最安全的金庫裡。」行天一臉認眞地說。

「你這個金庫，應該有辦法打開吧？」

多田不安地問：「事情演變到這個地步，我們必須在明天早上把戒指交給宮本，請她代爲歸還。」

「放心，應該快出來了。我最近有點便祕，所以很容易肚子餓。」

「便祕會容易肚子餓？」

「嗯，你不會嗎？我猜是身體想要把下面的擠出去……」

「夠了，我不想聽。」

多田阻止行天繼續說下去，掏出一根LUCKY STRIKE香菸，點了火。露露也從她的珠飾小包中取出一根細細的薄荷菸，與行天的綠色萬寶路一起點燃。

三人默默地看著白煙在雨中裊裊上升。

「話說回來……」

半晌之後，露露喃喃地說：「那個女孩……她叫小夜，是嗎？她弄丟了戒指，明天要怎麼跟未婚夫解釋？要是害人家分手，我們晚上可是會作惡夢的。」

「現在才想這些，已經太遲了。」

行天用力噴出一口煙霧。「這也沒什麼大不了，說弄丟就好了，何必解釋？或許未婚夫會答應買一個新戒指給她。這反而是個好機會，可以考驗那個未婚夫是不是小氣的人。」

「聽說考驗人性的麻雀都會被掐死。」

「不能一概而論。」

行天將菸頭拋進水窪裡，背對著長屋邁開大步。「爲了區區一百二十萬就會分手的話，打從一開始就不該結婚。」

這麼說也有道理。多田一邊這麼想，撿起水裡那根泡得脹大的菸頭，放進攜帶式菸灰缸。

隔天早上，行天走出廁所時，整個人看起來神清氣爽。

「哇，感覺身體變輕了。」

行天的左手小指第一關節上，正勾著那枚訂婚鑽戒。他到底是怎麼把那玩意弄出來的？多田全力把這個問題拋出腦外，以免不小心發揮了想像力。

多田煎了荷包蛋當早餐，行天卻顯得興致缺缺，完全失去了前陣子的食慾。他慵懶地癱坐在沙發上，一點一點地喝著杯裡的威士忌。宮本由香里來到事務所時，他也沒有起身，只是以手指將戒指朝由香里彈了出去。

那顆發光的石頭在空中畫出完美的弧線，精準地落在由香里的掌心。

「眞的很抱歉，讓妳特地跑一趟。昨天發生了一些意料之外的狀況，我們找不到機會把戒指藏在她家，只好帶了出來。」

多田盡可能佯裝平靜。

「謝謝你們。」

由香里以指尖撫摸那零點七五克拉的鑽石，嘴角揚起微笑：「委託多田便利軒辦這件事，果然是正確的決定。」

「從武內小姐的家離開時，請妳記得把戒指放在家裡的某處。例如玄關旁的櫃子裡，有個放裝飾物的小盒子。」

「好。」

「對了，我個人建議盡量不要直接用手摸這枚戒指。」

「爲什麼？」

「因爲會沾上指紋。」行天搶著回答。「妳知道嗎？鑽石上的指紋，用一般的布是很難擦掉的。要分解油脂，最好的方法是使用唾液。爲了保險起見，我建議妳先舔一舔。」

由香里看了看行天，又看了看戒指，遲疑了一下，決定取出手帕，將戒指包好放進裙子的口袋。

「如果還有什麼需要幫忙的事，請儘管吩咐。」多田對著走出事務所的背影說道。

行天忽然從沙發上跳起，緊貼著窗戶，朝樓下的馬路窺望。

「她在舔戒指？」聽到多田這麼問，行天發出賊兮兮的笑聲，肩膀上下晃動。

多田也笑了起來。雖然有點可憐，但想到今天由香里終於能夠找回喪失已久的自尊心，就覺得付出這點代價也沒什麼大不了。

多田坐在沙發上，拿起香菸，忽然覺得前兩天擦了窗戶果然是正確的決定。

「好久沒看到藍天了。」

清新的五月和風，自行天打開的窗戶流了進來。

深信發光物必爲黃金的女人，買下了通往天堂的階梯。

多田怔怔地看著行天所哼出的旋律，與香菸的煙霧在天花板附近緩緩交融。

星良一的優雅日常生活

這天，星一如往昔在清晨六點醒來。

昨天半夜三點才上床睡覺，星很想再多睡一下，卻無法如願。難以忍受的壓迫感與窒息感徹底驅逐了睡意。

「妳的睡相一定要這麼差嗎？」

星一面嘀咕，一面將新村清海那條壓在自己胸口的大腿推開。清海睡得正熟，嘴裡卻唸唸有詞。她一臉幸福地將枕頭抱在懷裡，「橫臥」在雙人床上。「橫」這個字，還有「躺下」的意思[7]，但這裡的「橫」，意思就是「橫」。一張寬度窄、縱深長的床，一般來說正確的睡姿都是縱向的「直躺」，但清海此時所睡的方向，卻是名副其實的「橫臥」。

清海有個相當奇特的獨門絕技，那就是她在一整晚的睡眠過程中，會在床上旋轉一圈。而且是剛好一圈，不多也不少。當清海的大腿移動到星的胸口，時間必定是清晨六點，其精準度連時鐘也自嘆弗如。

星爬下床，轉了轉脖子。這個覺睡了跟沒睡一樣，肩膀比睡覺前還要僵硬。

將臥房的窗簾拉開一道小縫，望向窗外。今天的天氣相當不錯，JR八王子線的鐵軌反射了晨曦，閃爍著耀眼的銀色光輝。電車抵達眞幌車站後，大量乘客湧入月臺，宛如傾瀉而出的沙土。爲了阻隔蒸騰的熱氣，大街上往來的車輛皆緊閉車窗。

眞幌市蘊含著盛夏的生命力，從一大清早就開始了一天的活動。

星將窗簾重新掩上，轉頭朝床上望去。尙在熟睡中的清海身上只穿著一條內褲，而且還是遮蔽面積非常小的那種，因此幾乎跟全裸沒兩樣。清海的性格有如一頭野生動物，總喜歡全身光溜溜地鑽進星的被窩裡。

「因爲你的床單好平整，光著身體躺起來很舒服嘛。」

星沒有裸睡的習慣。一個裸女睡在旁邊，自己卻穿著衣服，讓星感覺說不出的彆扭。老老實實地睡覺感覺像個傻子，但又不想每次都把清海叫起來做愛。

「床單平整是因爲我的熨斗技術高明。妳想要光著身體睡覺就去睡在睡袋裡。想要跟我一起上床睡覺，就給我穿上衣服。」

類似這樣的話說了無數次，清海終於妥協了。於是她開始穿著衣服睡覺，但她所謂的衣服就是那條內褲。星不禁暗想，看來這個女人的妥協空間，就只有那條內褲的面積那麼大。

星俯視著清海那一絲不掛的柔嫩背部。雖然很想伸手過去摸一摸，但礙於每個星期只能做愛兩次，所以星忍住了。根據經驗以及自己的原則，一星期做愛兩次是最健康的頻率。

爲了避免著涼，星拿起薄毛毯蓋在清海身上，同時將冷氣調高了兩度。

這是一棟新建的十八層樓公寓，星一個人住在十五樓。

---

7 此處指日文的用法，中文的「橫」沒有「躺」的意思。

從公寓走路五分鐘，就可抵達JR眞幌車站。不管是從生活面來看，還是從工作面來看，地理位置都是無可挑剔的好。但是星買下這戶公寓的最大理由，是因爲它鄰近「眞幌自然森林公園」。

星每天早上都會慢跑大約四十分鐘。這座公園不僅占地相當廣，而且有著明顯的地形起伏，最適合排入慢跑的路線之中。

自然森林公園主要是由兩座小山丘及中間的谷地所形成。大約三十年前，眞幌市政府將這塊土地列爲指定保護用地。多虧了這項政策，自然森林公園才能夠安然度過地產開發浪潮最火熱的時期，被完整保留了下來。否則，在這種距離車站走路只要十五分鐘的地點，怎麼可能會有茂密的森林及蜿蜒的溪谷？如今這座公園早已成爲深受居民喜愛的休憩場所，每到賞花或賞楓季節，公園內更是人聲鼎沸。

當然星對森林浴沒興趣，對自然保護議題更是嗤之以鼻。之所以看上這座公園，完全只是爲了將它納入慢跑路線。何況星認爲「自然森林公園」這個稱呼根本名不符實。公園內的草木定期有人修剪，並不是「自然」的狀態。就算退一步想，承認它是自然狀態好了，但所謂的「森林」，指的本來就是自然狀態下的樹林。在「森林」的前面加上「自然」兩字，就好像「牛肉的牛排」一樣，根本是脫褲子放屁。

今天的星，也跟往昔一樣，以眼角餘光看著豎在公園入口處的木製標示牌，思考著每天都會浮現的念頭。「自然森林」很明顯是過於累贅的稱呼，而星最討厭嘮嘮叨叨的說明，每次看到「自然森林」這個名稱，都會感覺心情煩躁。

星默默在公園內的泥土路面上慢跑。雀鳥的歌聲、小河的潺潺流水聲，對星而言都是不存在的聲音。每次運動鞋踏入茂盛的草叢裡，總會有些蚊蟲竄出，圍繞著星的小腿飛舞。但那些小蟲子很快就會離開。因爲星的身體經過長期鍛鍊，沒有一絲贅肉，一般蚊蟲根本叮不進去。但這反而讓星有些不滿。我不抽菸，也幾乎不喝酒，跟一般少女比起來，肯定是我的血美味得多，爲什麼那些蚊蟲都不來叮我？

難道是自己還不夠健康嗎？

星於是更加認眞地慢跑。淸早的公園裡，見到的大多是遛狗的老人。星混在老人之中可說相當醒目。除了年輕，更是因爲星能像機械一樣以完全相同的速度跑完十公里，還會在坡道上進行拳擊的模擬揮拳練習。路旁經過的狗兒不停朝著星吠叫，星絲毫不放在心上，因爲他早已習慣這樣。

身體不斷冒汗，星感到非常舒暢。這陣子隨著氣溫升高，開始有一些蟬躲在枝葉陰影處鳴唱。

達成自己規定的運動量後，星穿越公園的停車場，朝著道路的方向走去。路旁的停車格停著一輛黑色的日產勝利（Cedric）汽車，星一看，有了不好的預感。下一秒，身旁已傳來說話聲。

「你還是老樣子，一大早就這麼拚。」

星轉頭一看，眞幌警署的早坂就站在眼前。看起來他似乎剛從公共廁所出來。他將手帕放回西裝外套，取出香菸叼在嘴邊。

清爽的淸晨空氣全被這傢伙給毀了。星皺起眉頭，默默忍受飄散過來的煙霧。

「昨天晚上，有個男高中生從補習班回家，卻在這間公共廁所的後頭遭到恐嚇勒索。一個健全的青少年，竟然沒有辦法安心走夜路回家，眞讓人想問我們這個眞幌市到底怎麼了。星，你說對吧？」

「你什麼時候轉調到生活安全課了？」

「我還在刑事課，並沒有調單位。讓你失望了，眞是抱歉。」

早坂朝星踏近一步，接著說道：「根據受害者的描述，歹徒是個看起來像阿飛的年輕人。星，該不會是你底下的人吧？」

「大叔，你腦袋是傻了嗎？」

香菸的煙霧近距離噴在臉上，星只好暫時憋住呼吸。「勒索一個高中生，能拿到多少錢？我們可沒有落魄到那種地步。」

「這麼說也對。」

早坂將菸輕輕叼在嘴唇的邊緣，露出淡淡的笑意。「聽說你最近開始借錢給眞幌市內的老年人和中小企業？而且因爲手段惡劣，風評可不太好。我只能說你在水面下的世界，好像混得不錯？」

我這麼做也是在振興地方經濟。星在心中反駁道。看來如果不給點甜頭，這條煩人的狗是不會乖乖離開的。

「或許你應該去查，一個健全的青少年，晚上跑到公園的公廁附近幹什麼。」星帶著微笑說道。

「好吧，算你說的對。」早坂表現出一副興致缺缺的態度。但星看得出來，這條狗已經開始搖尾巴了。

「關於這件事，我聽過一點風聲……」

星說到這裡，刻意停頓了好一會，吊早坂的胃口。「最近天神山高中的一些學生，每天都在這附近盯梢。」

「盯梢？他們想抓誰？」

「你剛剛不是說了嗎？『健全的青少年』。」

「健全的青少年，晚上跑到公園的理由是什麼？」

「不知道。調查這種事情是你們的工作，你怎麼反而問起我來了？」

星接著問：「我可以走了嗎？」早坂沒有說話，只是抬了抬下巴。

星當然很清楚那整件事的內幕。掌控整個眞幌市的黑幫岡山組，將夜晚的自然森林公園當作販賣劣質毒品的場所。毒癮上身的「健全青少年」，當然不時會到這裡來找藥頭。而在天神山高中那群阿飛眼裡，在黑暗的公園內晃來晃去的青少年，成了最好下手勒索搶劫的肥羊。

想到這些事，星便忍不住搖頭。都什麼年代了，黑幫那些人竟然還會在夜晚的公園裡販毒。更別提那些特地跑到公園買毒的小子，以及暗地裡跟黑幫分子爭奪利益的不良少年。只能說這裡所有人都像活在棺材裡的蠢蛋。

星結束慢跑回到公寓時，時間已經超過七點，比平常晚了十五分鐘。對於極度重視規律生活的星來說，運動的時候遭到打擾是最無法忍受的事情。

不過也因爲這件事，讓星看見了一個商機。

星沖完澡，拿了瓶冰涼的礦泉水喝了起來。他用另一隻手拿澆水器，給置於寬廣客廳裡的盆栽澆水。那澆水器是淸海買的，不僅有著大象的造型，還是粉紅色。這樣的澆水器，擺在這間裝潢上堅持單色調的客廳裡，可說是極度格格不入。但淸海都買來了，把它丟掉似乎又有些太過孩子氣，只好勉強湊合著用。

爲盆栽澆水的期間，星已經把接下來要做的事情想得一淸二楚，他拿起手機撥打電話。

「喂，筒井？你這傢伙，難不成還在睡？好吧，算了……從今天開始，把『藥粉』的進貨量提高三成。你放心，一定賣得出去。昨天才剛發生那件事，岡山組應該會安分一陣子……什麼？你在胡扯什麼，三成的意思是百分之三十啦！你不知道怎麼算？去找伊藤幫你算。你聽好了，要是你敢搞錯進貨量，小心被我丟進龜尾川餵魚！什麼？我不是說丟藥粉，我是說丟你！把你丟下去餵魚！嗯、嗯……好，你快去辦，就這樣吧。」

自己的手下不也都是些蠢蛋嗎？有什麼資格說別人？結束通話後，星的腦海浮現了這個手下的臉，不禁嘆了口氣。這傢伙竟然誤以爲三成的意思是百分之三。而且這手下還有點溝通障礙，連別人在威脅他都搞不清楚。更麻煩的是他的個性是一根腸子通到底，所以一天到晚跟人打架。但即使再怎麼一無是處，星還是不忍心與他切斷關係。

人家說越不成材的孩子，越容易惹父母疼愛，這簡直是至理名言。

「夠了，我還不到婆婆媽媽的年紀，想這些做什麼？」

星將手機塞進牛仔褲的背面口袋，走進廚房開始做早餐。

先煎了高湯蛋捲，接著煎了竹筴魚。味噌湯裡要放什麼好呢……家裡好像還有一些滑菇，就放那個再加些豆腐應該就行了吧。正想到這裡，昨晚設定預約炊煮的電鍋也發出完成任務的提示音。打開一看，今天的糙米煮得恰到好處，成果相當不錯。對了，昨晚沒吃完的芝麻涼拌菠菜也可以拿出來配。不過顏色上面好像有點單調，再切一些番茄好了。

所有菜餚完美地擺上餐桌之後，星走向臥房。

在星的心目中，眞正「最沒路用」的傢伙還在睡著大頭覺，完全沒有想起床的意思。

「清海，起來吧。快八點了。」

清海用一整晚的時間在床上轉了一圈，如今頭部剛好擺在星的枕頭上。至於她自己的枕頭，則依然被她抱在懷裡。星原本幫她蓋上的薄毛毯早已掉在地上，全身再度只剩下一條內褲，身體的曲線一覽無遺。

「清海。」

「唔……」

「妳不是得去上暑期輔導班？」

「唔……嗯……」

星將手放在清海的肩膀上搖了搖，她只發出了不知是肯定還是否定的低吟聲。自窗簾縫隙射入的晨曦，照亮了清海那形狀姣好的酥胸。星看著那顏色偏淡的乳頭。明明不知道已經舔過及吸過多少次，那乳頭卻似乎沒有變大的跡象。想到這裡，他忽然有了每當自己輕咬乳頭時，清海的體內反應所誘發的那種感覺。

雖然「一星期兩次」是最健康的頻率……但是不是超過了就不健康？有必要再次確認。

星於是上了床，壓在清海身上，以手掌包住那對酥胸，同時張口咬住清海那纖細的粉頸。

「星，你眞調皮。」清海摟住了星的頸子。「我要起來了。」

「請吧。」

「這樣我起不來。」

「為什麼？」

星扳開清海的大腿，將自己的腰部擠入兩腿之間。清海也不甘示弱，繞在星的頸子上的手腕用力一勾，雙唇一張，含住星的右耳耳垂，舌頭輕舔上頭的耳環。

「這麼做會割傷。」

「不希望我割傷，你就快讓開。」

「結束之後，我自然會讓開。」

「討厭。」

兩人甜言蜜語說完了，星伸手要脫下牛仔褲，準備幹正事的時候，放在牛仔褲後側口袋的手機忽然響了起來。清海停下動作，以眼神示意星接電話。星只好取出手機，按下通話鍵。

「我是星，什麼事？」

「我是經營便利屋的多田。」

「看來你好像眞的很想到龜尾川裡當水藻的養分，第幾次了?!」

「抱歉，這麼早打電話給你。清海在你旁邊嗎？」

星曾經委託多田便利軒擔任清海的貼身護衛。但此時聽多田這麼問，星才知道清海跟多田還保持聯絡。星不明白清海爲何要跟這種窮途潦倒的便利屋糾纏不清。跟這種倒楣鬼相處久了，恐怕自己的好運也會消失，想想就覺得可怕。

星站了起來，說了一聲「找妳的」，將手機遞給清海。

「啊，便利屋大叔？嗯，我很好。不會吧？眞的假的……啊，我的手機眞的沒電了，抱歉。」

清海坐在床上，跟多田閒聊了起來。星不再理她，轉身走出臥房。該死，這一定是自律之神在背後操弄吧。果然每星期兩次才是最剛好的。

滑菇豆腐味噌湯已經涼了，星重新加熱後倒回碗裡，擺回餐桌上。此時清海才穿好衣服走了出來。

「哇，看起來好好吃，我要吃了。」清海說完便拿起筷子。

星本來想要唸她「妳好歹去洗個臉」，但見清海喝了一口味噌湯後瞇起雙眼，露出無比幸福的表情，不好多說什麼，只能在她對面坐了下來。

「他找妳做什麼？」

「對了，我正要說這件事呢。我跟你說，我要去看貓。」

「貓？」

起床到現在才兩個小時，星已第二次產生不好的預感。清海毫不理會雙眉緊鎖的星，開心地揮舞起筷子。

「嗯，我拜託便利屋幫我留意有沒有徵求飼主的貓，他說找到了。但他說中午還會有其他想領養的人去看，所以他希望我早點過去，免得被別人領養走了。」

「我先確認兩件事。」

星看著清海笨拙地分解一夜干的竹筴魚，說：「誰要養？在哪裡養？」

「咦？當然是我要養，在這裡。」

「清海，我可以告訴妳一個事實嗎？」星無奈地放下筷子，仰靠在椅背上：「這裡是我家。」

「這裡不是我們同居的家嗎？」

「我們不是同居，是妳一直賴著不走。何況妳不是得去上暑期輔導班嗎？怎麼還有時間去看貓？別忘了，妳是考生。」

清海假裝沒聽見，只是舔著手指上的魚肉油脂。星不留情面地繼續教訓。

「我說過很多次，妳偶爾也該回家露個臉，總不能永遠不回家。」

「我不要。」

「總而言之，我家不准養貓。」

「爲什麼？」

「會掉貓毛。」

「我會用吸塵器吸掉。」

「貓很容易生病。」

「我會打工存錢，帶牠去看獸醫。」

「誰來餵牠？誰來教牠上廁所？誰來幫牠洗澡？我不相信妳能夠完全負起責任照顧好一隻貓。我也沒那麼多時間幫妳照顧。如果妳一定要養，就回妳家去養。」

「這裡就是我家！」清海憤然起身。「星，你這個大笨蛋！爲什麼要故意說這種話？你明知道能跟你在一起的地方就是我的家！」

清海雙目含淚，奔進臥房甩上了門。星嘆了口氣，收拾掉桌上的早餐，在廚房另外做了一份火腿小黃瓜三明治，放入便當盒內。

接著星走向臥房，敲了敲房門。

「清海。」星喊道：「我做了便當，妳乖乖帶著去上暑期輔導班。」

「少囉嗦！」

門後方傳來輕柔物體的碰撞聲，似乎是清海拋出了枕頭。「你自己做了那麼多壞事，還敢裝出一副道德高尚的臉孔對我管東管西，簡直像我媽一樣！」

「妳媽會跟女兒做愛？」

門後再度傳來柔軟的碰撞聲。

「我不是那個意思啦！」

星的內心湧起一股莫名的虐待衝動，忍不住揚起嘴角。

「不然妳的意思是什麼？因爲我做飯給妳吃，關心妳過得好不好，對妳噓寒問暖，所以像妳媽？我以爲妳討厭妳媽，正是因爲她不會爲妳做這些。」

經過短暫的沉默，門內傳出了抽抽噎噎的啜泣聲。那哭聲越來越哀悽，簡直像親眼目睹天塌下來了一樣。星嚥下滿心苦澀，轉身走出玄關。

一樓出入口大廳的自動門一開，一股夏天的熱風登時迎面撲來，幾乎讓星難以抵禦。

星原本並不打算說那種話。完全是因爲聽到清海拿自己跟她的母親比較，才一時被怒火沖昏了頭。

清海畢竟還未成年，高中生涯的最後一個夏天實在不應該整天膩在男人家裡。這才是星眞正想說的話。更何況這個男人生活在眞幌市的水面下，過著見不得光的日子。對一個女高中生而言，這可說是最惡劣的環境。

不，不對。我眞正想說的其實是「別拿我跟妳媽那種爛人比較」，星在心中如此喊著。妳媽根本不曾愛過妳，妳媽根本不曾像我這樣願意付出一切，只爲了讓妳過得幸福！

應該與清海保持距離的想法，以及希望陪在她身邊好好照顧她的心情，在星的心中不斷天人交戰。即使是向來將自制與自律奉爲圭臬的星，也難以取得平衡，經常在這兩者之間茫然自失。

排列成「蠍子」字樣的霓虹燈管，在早晨的陽光照耀下，看起來異常寒酸。

位於眞幌大街上的老舊電玩中心，今天也虎視眈眈地等著吸乾小鬼們身上的零用錢。

我跟那些三流的阿飛又有什麼不同？

星聳了聳肩，從建築物後側的生鏽外牆階梯登上電玩中心二樓，走進辦公室。三個男人原本正在閒聊，一看見星出現，全都跳起來立正不動。

「星哥早！」

「筒井，我交代你的事情，都聯絡好了嗎？」

「當然，星哥，對方說會馬上安排。」

筒井長得滿臉橫肉，身上卻穿著西裝，可說是極不協調。他身上總是汗涔涔，這似乎是因爲體質，與氣溫並沒有太大關聯。

「嗯。」星點了點頭，筒井才露出如釋重負的表情。

「伊藤，帳簿。」

「是。」

伊藤戴著眼鏡，身材削瘦，一般人見了，大多會以爲他只是個性格懦弱的大學生。星接過帳簿，確認上頭的數字正確無誤，感到相當滿意。

接著星走向擺著電話機及桌上型電腦的辦公桌，開始一天的工作。首先確認當前的股票價格，打了幾通電話，接著開啟電子信箱，讀了幾封告知眞幌市黑社會最新小道消息的信，又打了幾通電話。

在這段時間，伊藤拿著計算機，處理著堆積如山的文件資料。筒井則坐在沙發上，一臉認眞地摺著衛生紙。

星大致完成了手邊的工作，抬頭看見筒井，不由得伸手揉了揉眉心。

「筒井，你在幹什麼？」

「我在摺花。」

「你摺花做什麼？」

「『咖啡神殿阿波羅』的老闆答應我，只要我幫他摺一些能夠裝飾在店內的紙花，他就請我喝一杯咖啡。」

「他要你摺幾朵？」

「一百朵。」

筒井以他那粗壯的手指小心翼翼地將整疊衛生紙一張張攤開。爲了那一杯才四百圓，喝起來像熱水的黑色液體，這個男人竟然如此認眞地做著幼稚園孩童才會做的事情。

這個手下的價値觀，實在讓星感到難以理解。

「算了，你開心就好。」

星接著將視線移向房間的角落：「金井，你杵在那裡做什麼？害我沒辦法專心工作。」

打從星進入辦公室，金井就一直維持著立正不動的姿勢。聽見星的問話，金井嘴唇微微動了一下，似乎想要開口，但最後什麼話也沒有說，只是默默繃緊了其盤根錯節的肌肉。

「算了，你開心就好。」

星不再嘗試與金井溝通，轉頭同時對著三人說：「最近藥粉的交易市場會出現一些變化，提醒你們下面的人要做好心理準備。」

「什麼樣的變化？」

伊藤放下計算機，將上半身湊了過來。

「不久之後，自然森林公園就沒辦法再當作交易地點。在這段時間裡，我們可以從中撈一點好處。」

「眞的嗎？星哥，眞有你的。你用什麼手法慫恿了條子？」

「只是用了一點小技巧。」星笑著說。

「我打算趁這個機會，給天神山高中那些阿飛一點教訓。他們一天到晚瞎搞，我早就想拿他們開刀。」

「好，我來想辦法找出他們的藏身之處。」

摺了滿桌紙花的筒井忽然信誓旦旦地起身。

「嗯，那這件事就交給你。聽好了，千萬不能讓岡山組察覺我們的意圖。」

「明白。」筒井與伊藤同時點頭。

原本一直沉默不語的金井，此時忽然戰戰兢兢地舉起手，喊了一聲「星哥」。

「幹什麼？」

「我是……星哥的貼身保鑣。」

「嗯，所以呢？」

金井沒有答話，再度陷入沉默。一旁的伊藤見星逐漸心浮氣躁，顯然已快要失去耐心，於是自告奮勇，擔任金井的口譯員。

「星哥，你今天早上一個人進辦公室，讓金井大受打擊。」

「大受打擊？我從公寓走到這裡，不過五分鐘路程，一個人走也沒什麼大不了。」

「我是……星哥的貼身保鑣。」金井又重複了一次相同的話。

伊藤即時翻譯：「他說：『平常星哥要來辦公室，一定會通知我。』」

天底下怎麼會有這麼麻煩的傢伙？今天早上我跟清海吵架，所以沒心情把你叫來，沒必要這麼玻璃心吧？

星很想這麼說，但畢竟金井是自己的忠實手下，得顧慮一下他的感受。

「好吧，是我思慮不周。金井，今後我一定會找你一起走，這件事你別放在心上，好嗎？」

金井的表情似乎有些開心。他再度變回一根不發一語的粗壯木頭，退回辦公室門口。

星感覺工作的節奏都被打亂了，再加上腦袋隱隱脹痛，只好躲在電腦後頭，偷偷以雙手按摩頭皮。

咦？頭髮好像變長了？

「我去一下理髮廳。」星如此宣布，離開事務所。

只要頭髮的長度超過三公分，星就會感覺渾身不對勁。

當然這次金井相當盡責地緊緊跟在身後。

「石井理髮」的老闆早已習慣星這個熟客，即使看見金井緊跟在星的身後，也絲毫不以爲意。

「老樣子，整頭剪短五公釐，對吧？」石井一刀接著一刀，絲毫不拖泥帶水。

睡眠不足的星原本想在理髮期間補一下眠，但就是睡不著。一閉上眼睛，腦海就會浮現清海的臉孔。她會不會還在臥房裡哭泣？會不會爲了報復，故意出去胡亂找男人？各種可怕的想法在腦海閃過。

「星，你是不是有煩惱？」

星聽見石井這麼問，睜開了雙眼，剛好與鏡子裡那身穿白袍的石井對上了眼。一旁的金井也低頭看著星，表情彷彿在問：「眞的嗎？」

「天底下誰沒有煩惱？」

「唉，也對。」

石井輕撫嘴上的花白鬍鬚，接著說道：「不過讓我來猜猜，一定是爲愛煩惱，對吧？」

星自認臉上的肌肉沒有移動半分，下一秒石井卻得意洋洋地說：「呵呵，厲害吧，一猜就中！你知道爲什麼嗎？我看你的皮膚，一副鬆垮垮的樣子，好像在說『我好傻好天眞』。嗯、嗯，沒錯，通常像這樣的客人都有感情上的煩惱。」

「少廢話。我是來理髮，不是來算命。」

「好啦好啦，我專心剪頭髮，一句話都不要說，這樣行了吧？」

石井邊剪邊哼起歌，彷彿把取笑星當成了一大樂事。似乎連他手上的剪刀也比剛剛靈活了三分。

這座城市的人怎麼每個都是這種長不大的笨蛋？

星暗自咒罵，鬍子也不剃了，快步走出理髮廳。與其在這裡瞎操心，不如回公寓去看看清海的狀況。石井恭恭敬敬地鞠了個躬，送星到店門口。

太陽不知不覺已來到頭頂。

大街上的行人可說是不惜一切代價，盡可能在前往目的地的沿路上經過屋簷底下及吹出冷氣的店門口，閃避熾熱的豔陽。唯獨星總是走在路中央，從不躲躲藏藏。星不允許自己輸給夏天的炎熱。不論前往任何地方，星總是要求自己必須走「最短的路線」。

就在快走到公寓的時候，手機響了起來。

「阿良呀，我是媽。」

星忍不住仰天長嘆，眞是倒楣的一天。

「噢，什麼事？」星盡可能以溫和的口吻說。

「你這孩子，沒事就不能打給你？媽只是突然想知道你最近過得好不好。」

「對不起，我不是那個意思。我過得很好。」

星揮揮手，叫金井走遠一點。「媽，妳呢？」

「你猜媽現在在哪裡。」

「媽，我不想猜。現在是午休時間，我得趕去買飯。」

「你要去買飯？那正好，媽來眞幌買東西，走得有點累了，現在在阿波羅吹冷氣。你快來，我們一起吃午飯。」

爲什麼眞幌市民習慣用「眞幌」來代表「眞幌站前」？既然是眞幌市民，自己住的地方當然也在眞幌市內，「來眞幌」這種說法不是很詭異嗎？就好像住在中野區的人，絕對不會將

「去中野站前」說成「去中野」吧？他們一定會說出更具體的地點，例如「去丸井百貨」，或是「去SUNROAD商店街」……原來如此！眞幌站前根本沒有足以當作地標的建築物或商業設施，所以只能籠統稱之爲「去眞幌」。

爲了逃避心中的絕望感，星在腦海裡塡滿了無關緊要的胡思亂想。身體則無奈地轉了一百八十度，踏著沉重的步伐朝阿波羅前進。

金井只是默默跟在身後，一句話也沒有過問。

阿波羅店裡隨處可見西洋盔甲、褪色的緯織壁毯、鹿頭標本，以及一些雜七雜八的東西，「裝飾過多」的問題早已爲人所詬病。如今加上了筒井提供的大量紙花，星只看了一眼，便感覺頭跟胃都開始隱隱作痛。

當然「必須應付母親」也是導致胃痛的主因。

星的母親正吃著巧克力百匯，身旁還放著箱急百貨的購物袋。至於星的眼前則擺著母親自作主張點來的雞蛋三明治。

星隔著店內的盆栽，朝著坐在遠處的金井偷偷望了一眼。進店之前，星拿了一張千圓鈔票給他，吩咐：「你自己吃午餐，別管我們這一桌。」

金井乖乖遵照星的指示，挑了一張窗邊的桌子，專心地吃著他點來的燴飯。

「阿良……良一……你在看什麼呀？」

星聽見母親的問話聲，趕緊將視線轉回來，挺直了腰桿。

「沒什麼。」

「你過得好嗎？我有時會去你的公寓，但你總是不在。媽擔心你是不是工作太忙了？」

「我過得很好，妳不必過來。」

反正我也不住在那裡，星心想。那個公寓房間只是用來存放不能公開販賣的商品。

「你好不容易考上不錯的大學，卻擅自休學，跑到進口家具公司上班，你爸爸到現在還沒原諒你呢。」

「我這麼認眞工作，我相信爸有一天會懂的。」

「這可很難說。你爸這個人沒什麼成就，卻比別人更愛面子。對了，你知道我上次在他西裝口袋發現什麼嗎？」

「什麼？」

「火柴盒！酒店送的火柴盒！是那種有女人陪酒的酒店！」

星越聽越心浮氣躁，與母親對話可說是最痛苦的折磨。即便一再說服自己「這是鍛鍊心智的絕佳機會」，還是沒有辦法讓自己耐住性子聽母親說話。

「你相信嗎？現實中竟然有這種事！媽還以爲這種劇情只會出現在午間肥皂劇裡。男人拿到那種東西，不是應該至少會藏起來或丟掉嗎？」

「嗯，是啊。」

「既然看到了，媽總得問上一句，對吧？我問你爸『這是什麼』，你知道他怎麼回我嗎？他竟然說：『男人總是得交際應酬，女人不要多嘴。』眞不曉得你爸哪來的自信敢對我說這種話，眞是氣死我了。」

「嗯，是啊。媽說的沒錯。」

「說到交際，阿良，你現在有交往對象嗎？」

爲什麼母親的話題總是可以說變就變？難道她可以接收什麼來自天上的訊號？

「很可惜，現在沒有。」

「沒有？不然媽去找節子阿姨……」

「不用，眞的。」

星拿起水杯喝了一口。味道像是加了冰塊的自來水。「我才二十歲，不管媽心裡想著是介紹、相親還是結婚，對我來說都還嫌太早。」

「對了，阿良！你怎麼不去參加成年禮？媽本來還想去幫你拍照呢。」

鬼才去什麼成年禮！星忍不住想大聲咆哮，順便把店裡所有擺飾物都踹個稀巴爛，但最後還是強忍了下來，靠著咬碎冰塊來降低竄升的體溫。

「啊！廁所裡的人終於出來了，媽去一下廁所。」

「嗯。」

母親一走進廁所，星立刻端起眼前那盤三明治，走向金井的桌子，把三明治放進金井吃完了燴飯的空盤子裡。

「這個給你吃。」

「是。」

母親從廁所走出來，看見星的盤子空了，臉上登時露出笑容。

「好吃嗎？」母親問道。

「好吃。媽，謝謝妳。我午休時間快結束了，得先走了。」

「咦？這麼快？」

「抱歉，下次再聊吧。」

「媽跟你一起出去好了。啊，阿良，媽來付錢就行了。傻孩子，跟媽客氣什麼。」

星在結帳櫃檯前又被母親纏著說了好一會話。當母親好不容易離去時，星只覺得全身累得快虛脫。對星來說，與母親見面是一件極度耗神費力的事。相較之下，每天早上慢跑十公里簡直就像是優雅地坐在郵輪上一樣輕鬆。

等到金井也從阿波羅出來之後，星重新振作起精神，走向公寓。

沒想到才走了兩步，手機再度響起。星拿起手機一瞧，螢幕上顯示的來電者是「飯島」，這個人是岡山組的幹部。

從大街到公寓，明明沒幾分鐘路程，今天卻好像說什麼也走不到。

「我是星，謝謝你平常的關照。」

「星，你的高利貸生意搞得如何？」
「託福，還過得去。」
「有人向條子告密，說出了我們賣藥的地點。」
飯島突然切入正題。星並不慌張，氣定神閒地說：「是誰這麼大膽？」
「你覺得呢？」
「不清楚。」
接下來飯島維持了好一陣子沉默。星心裡很清楚對方是在試探，絕對不能對黑道分子的沉默產生恐懼，星在心中提醒自己。這是他們引誘對手說錯話的慣用伎倆，這時什麼都別說，等對方開口。
過了半晌，飯島才終於又發話。
「是天神山高中那些不知天高地厚的小鬼。你認識他們嗎？」
星在心中暗自竊笑，看來這一局是自己贏了。
飯島多半懷疑星才是告密者，但手中沒有任何證據或把柄，因此不敢貿然起釁。然而為了維護岡山組的面子，告密之罪總得要找到人來扛才行。於是飯島將矛頭指向天神山高中的那些阿飛，決定由他們來當代罪羔羊。
「我一個都不認識。」
「有辦法把他們找出來嗎？」

「我可以試試看。那些小鬼也給我添了不少麻煩，我早就看他們不順眼。我只要把他們找出來，後面的事你們會自己處理，是嗎？」

黑道幫派出手教訓一群高中生，傳出去實在不太好聽。星明知道岡山組不方便親自動手，卻故意不說破，等著飯島自己開口。

「我希望你嚇嚇他們，讓他們明白做人的道理，不要再給大人惹麻煩。」

「沒問題。今天天黑之前，應該就能搞定。」

事態的發展一如星的預期。

結束通話後，不管是難以應付的母親，還是令人牽腸掛肚的清海，都已被星拋在腦後。

剛剛這一招，不僅成功向岡山組賣了人情，還可以順便讓那些煩人的小鬼安分一點，可說是一箭雙鵰。

不曉得筒井找出那些小鬼的藏身地點了沒？如果還沒找到，得叫他加把勁才行。

星回到蠍子電玩中心，正要走向後方的外牆階梯，驀然看見店外的夾娃娃機旁站著一個男人。那男人手上拎著一個便當盒，正在朝自己揮手。星停下腳步，仔細一瞧，那男人長得有點眼熟，手上的便當盒也有點眼熟。

那個便利屋的搭檔，名字……好像叫行天吧。

星走了過去，行天露出賊兮兮的笑容。

「你的表情看起來好恐怖，簡直像要殺人。」

差不多吧……星心裡這麼回答，但沒有說出口。

「你在這裡做什麼？」

「我嗎？來這裡撿銅板是我每天的例行公事。」

行天指著遊戲機臺與地面的縫隙，說得理所當然，還說「今天收穫不少」。

對這種毫無自律心與進取心的人，多說一句話都是浪費時間。星立刻切入正題。

「你這便當盒是哪裡來的？」

「清海小妹給我的，她說沒有食慾。」

「噢？」

「我騙你的啦。」行天從便當盒裡取出一片三明治。

「我幫她撿到一隻貓，所以硬要了她的便當盒當作謝禮。不過她看起來沒什麼精神，那倒是眞的。」

「除了撿銅板，還會撿貓，看來你這大叔專門撿地上的東西？」

星不滿遭到調侃，惡狠狠瞪了行天一眼，行天卻一副滿不在乎的表情。

「看來你很會做菜，小黃瓜的鹹味恰到好處。」行天就這麼站著吃起了三明治。

這時，星的手機再度響起。

「星哥，請問你在哪裡？」來電者是筒井。

「我發現那些小鬼的祕密基地了，就在天神山高中附近。」

「幹得好。」

星立即朝身後的金井吩咐：「把車子開來！」

「你還掛著那個平安符？」行天說：「看來那玩意對你來說挺重要？」

星望向自己的手機。下方垂吊著一個白色布袋樣式的平安符。

行天到底想表達什麼？星故意不去思考這個問題，轉身走向停車場。

由金井駕駛的廂型車，行駛在真幌市中心的恬適景色之中。

車內一片寂靜。伊藤在打架方面完全不行，星讓他留在事務所。在自己的手下中，像伊藤那樣的智慧型人才相當寶貴，可不能讓他在武力鬥毆中折損了。

星獨自坐在後座，望著窗外。太陽已經西斜，但天空依然呈現蔚藍色。

雖然早起有益身體健康，缺點是夏季會覺得白天過於漫長。星朦朦朧朧地想著，小時候的每一天，都有這樣的感覺。當抬頭看見夕陽終於掛在山頭時，在遊戲中累積了疲倦的肺部總是會隱隱發疼及發燙。

前方已可看見天神山高中的校舍。

「繞到西門去。」

不管是透過校舍的窗戶，還是校園裡，都看不見人影。暑假期間的學校，除了蟬聲，聽不見半點聲響。

西門的前方有一大片空地。以前應該是農田，此時卻到處堆放著廢棄的建材及廢輪胎。

空地的角落有一棟疑似曾經是工廠的空屋。那是一棟木造兩層樓建築，但結構相當簡陋，只是幾面充滿了縫隙的木板牆，撐起一大片鐵皮屋頂。光從外觀，就可以清楚看出二樓部分幾乎都已坍塌。廂型車駛入空地，輪胎不時會撞開散落在地面上的碎木片及生鏽鐵釘。筒井開來的轎車就停在空屋的門口，金井將廂型車停在轎車的旁邊。

星帶著金井走進空屋。

由於牆壁及天花板到處是可以透入陽光的縫隙，屋內並沒有原本所想的那麼陰暗。地面並沒有鋪設地板，長滿了翠綠的野草，還散落著不少碎石。

牆邊擺著一些灰色的機臺，看起來簡直像是上百年無人使用的火爐。除此之外，屋內還凌亂擺放各種工具，以及那些高中生帶進來的酒瓶及色情書刊。

「星哥！」

筒井及他的三名手下立正不動，大聲向星打招呼。三人都微微抬著下巴，簡直像是希望受到稱讚的小學生。

三人腳邊躺著八名不良少年，他們正是這次行動的主要目標。八人都被套上了嘴塞，雙手被反綁在身後。每個人的反應都不太一樣，有些已經哭哭啼啼，有些依然流露出反抗的眼神，有些則咿咿噢噢地發出抗議的聲音。同樣的是他們都很年輕，而且看起來傻傻的。

「安靜點！」筒井朝八名不良少年的腹部輪流踢上一腳。

這一腳踢得並不重，並且一視同仁，沒有發出聲音的人，也沒躲過挨這一下。

「你們有沒有受傷？」星問道。

「都沒有。」筒井停止踹那些高中生，恢復立正不動的姿勢。

「他們也沒有吧？」

「呃，也不是完全沒有。」

「我看看。」

星彎下腰，仔細確認每個高中生的狀況。好幾個鼻青臉腫，有的還在流著鼻血。

「這種程度不算受傷。」

星拍拍筒井的肩膀，朝他的手下們點了點頭：「你們果然不是省油的燈。任何需要動粗的事情，交給你們準沒錯。」

筒井撐大了鼻孔，顯得相當自豪。

「星哥，要怎麼處理這些小鬼？」

「這個嘛……」

星打開一盒疑似長年遭到棄置的工具箱，取出一根長滿白鏽的大鋼錐。

「岡山組的人說稍微嚇嚇他們一下就好。但你覺得只是嚇一嚇，這些阿飛就會安安分分嗎？」

「那可難說得很。」筒井一臉嚴肅地說。

他的雙眼直盯著星的表情，努力解讀星心中的眞正意圖與想法。

「金井，你怎麼看？」

「星哥想怎麼做，就怎麼做。我沒有意見。」

「好，那我就老實說吧。」星笑著說道。

「這些臭小鬼安不安分，我根本不在乎。但如果只是嚇一嚇實在是太無趣了，不是嗎？」

星反手握住鋼錐，蹲在不良少年面前。

「帶頭的是哪一個？」

筒井指著一個特別高大的不良少年。那男人穿著NBA職籃克里夫蘭騎士隊的T恤。

「你是騎士迷？我看不太像。」

星凝視男人的臉，接著說道：「好吧，隨便。把他抓起來，面向牆壁。啊，把他的嘴塞拿掉吧。反正這附近沒有人家，讓他叫大聲一點比較有意思。」

不管是筒井還是金井，體格都不輸給這名不良少年的老大。兩人聯手將他拖向牆壁，一人一邊從背後抓著他的肩膀，將他按在牆壁上。

一拿掉嘴塞，男人立刻破口大罵。

「星！你給我記住！我一定會報這個仇！」

「你們都給我看清楚了。」星轉頭朝其他人說。

男人一邊掙扎，一邊罵個不停，星抓住男人的頭髮，用力一扯，男人被迫抬起了臉。

「來吧，騎士。我給你兩條路走。」

星才剛在男人露出的耳朵旁低聲說完這句話，立刻舉起生鏽的鋼錐，猛力刺入男人的右側臉頰。

類似吶喊的慘叫聲，從男人口中噴發而出。男人的身體反射性地劇烈彈跳，卻被筒井與金井緊緊按壓住，動也動不了。星見鮮血不斷從男人的雙唇之間湧出，往後退了一步，以免鮮血濺到身上。

男人的叫聲拖得極長，最後轉變成低沉的哀號及哽咽聲。星再度往前踏出一步，抓住依然插在男人臉上的鋼錐，緩緩轉動握柄。

「你應該感覺得到吧？這玩意的前端已經貫穿到你嘴裡了。什麼？感覺不到？沒關係，我用它碰碰你的上顎，你就會更有感覺。」

星從側面仔細觀察男人的表情。男人的臉上滿是鮮血、淚水及鼻水。星心想，原來當一個男人嚎啕大哭的時候，聲音跟女人沒什麼不同。

「冷靜點了嗎？」星溫柔地問。

「騎士，騎士，你別哭，我說過，我會給你兩條路走，你放心吧！」

「噢噢唷……」

「你說什麼？」

「嗚……噢噢唷嗚嗚……」

「可惜我們的口譯員伊藤不在這裡。」

「我想他說的是『我不敢再搗蛋了』。」筒井一邊用力按著男人，一邊說道。金井也點了點頭。

「唉，騎士。我不是說了嗎？你們安不安分，我根本不在乎。同樣的話，不要讓我說兩遍。」

星將男人的頭用力一推，男人的額頭狠狠地撞在牆上。星接著又將男人的頭部拉回來。

「我現在要告訴你，我給你的兩條路是什麼，你仔細聽好了。」

星的手掌感覺到男人微微點了點頭，於是抓著他的頭髮，在他頭皮上輕輕撫摸。

「第一條路，我把錐子拉向你的嘴角。第二條路，我把錐子拉向你的眼角。」

男人再度發出慘叫，身體劇烈掙扎，想要逃脫星的掌控。

「你別亂動，好好回答我的問題。如果你選擇第一條路，你的嘴會有一邊特別寬，吃東西相當方便。而如果你選擇第二條路……」

就在這時，一陣電話鈴聲傳遍了整棟廢棄空屋。那冰冷且死氣沉沉的聲音，突兀地迴盪在這充滿血腥味的空間。

星自顧自地說著，毫不理會那聲音。星決定這次無論如何絕不接電話。

「如果你選擇第二條路，」──鈴鈴鈴鈴──「你的臉上」──鈴鈴──「會多一道非常帥氣的」──鈴鈴鈴鈴──「傷痕。」──鈴鈴鈴──「但如果我用力過猛，」──鈴鈴鈴──

「你的眼睛可能會被刺瞎。」——鈴鈴——

「啊啊啊！吵死了！」星再也無法忍受，只好暫時停止說明。

「騎士！我勸你脖子最好保持現在的角度！別忘了我的錐子還插在上頭！」

警告過男人之後，星鬆開了左手，從口袋裡掏出響個不停的手機。一看來電者名稱，上頭顯示著：

便利屋

「便——利——屋——！」

星一按下通話鍵，立刻以大到有可能將鐵皮屋頂震下來的音量怒吼：「你給我等著！等我這邊事情辦完，我也會拿錐子去戳瞎你的眼珠！」

「對不起，阿星……」手機中傳出的是清海的聲音。「你在忙，是嗎？」

「咦？清海？」面對預料之外的狀況，星瞬間降低了音量。

「呃，沒有啦，其實也沒有在做什麼要緊的事。」

星快步遠離牆邊，甚至忘記扶住錐子的握柄。金井趕緊伸手抓住那根有一半還插在男人臉頰上的錐子。

「妳怎麼會用便利屋的手機打給我？」

「我的手機早上插著充電，結果忘記帶出門了。你現在有空嗎？」

「嗯……」

「我想養的那隻貓，是一隻很可愛的虎斑貓。」

「清海，我說過了不能養。」

「嗯，所以我今天回家去問過了。我問我媽『能不能養貓』，我媽回答『隨便妳』。我媽不知道這隻貓有什麼樣的斑紋，甚至不知道我穿的是什麼樣的衣服。因爲她從來不曾看我一眼。」

清海接著有半晌沒說話。星也沒開口，只是默默聽著那乘著電波傳遞而來的哭泣聲。

「阿星，我想和你在一起。」

星攤開了空著的右手。彎曲手指在掌心摳了摳，乾掉的血片紛紛剝落。

妳知道嗎？我剛剛正在考慮，應該將一個人的臉頰縱向撕裂，還是橫向撕裂呢。而且不只是嚇唬嚇唬而已，我是眞的打算這麼做。所以我很認眞評估到底哪種做法比較殘酷。

不知不覺，廢屋內被徹底染成了一片紅色。

夕陽的餘暉，自牆板的縫隙間緩緩滑過。

「我也是。」星如此回答，但是他不確定是否眞的發出了聲音。

「阿星？」

「總之我馬上就回去了，妳再等我一下。」

「在哪裡等？」

星本來想說「在我家公寓」，但話到嘴邊，趕緊改口。

「在我們家。」

「好，可是……貓咪呢？」

「我只收留牠一晚，明天妳得把貓拿去還給便利屋。」

「咦？我不要！」

「我還在工作，晚點再談吧。」

「等等，我們的話還沒有說完，阿星，你不能老是這麼任性！喂？」

到底是誰任性？星不禁笑了出來。掛斷電話後，星關掉手機的電源。早就應該這麼做了。

「久等了。」

星走回男人的身邊。夕陽已落在遠方山稜線的後頭，廢屋內的空間由紅色轉變爲昏暗的淡藍色。

星重新抓住錐子的握柄。驀然間，眼角餘光似乎瞥見了一抹朦朧的白光。仔細一看，原來是自己的左手還握著手機。所謂的白光，其實是垂吊在手機下的眞幌天神平安符。某次過年，星跟淸海一起到神社參拜，兩人買了相同的平安符。星明明覺得很蠢，卻一直把平安符帶在身邊。

星將錐子從男人的臉頰拔了出來。

雖然只照顧貓一晚，畢竟還是需要貓飼料及上廁所用的貓砂。但應該買固體的貓飼料，還是給幼貓喝的牛奶？比起毛皮的斑紋花色，更重要的應該是貓的大小，清海卻隻字未提。那傢伙眞的有養貓的決心嗎？

星左右遲疑，拿不定主意，結果越買越多，回到家時已過了晚上九點。

「你回來了！」

清海正在餐桌上寫著英語的文章練習題。「怎麼買了那麼多東西？」

一看見袋裡的東西，清海登時眉開眼笑。

「這是一個晚上的份？」

「嗯，貓呢？」

「在這裡。」

一隻小貓正蜷曲在清海身旁的椅子上，睡得正熟。「牠叫阿斑，推估剛出生三個月。」

「這名字眞俗氣。」

「不會啊，很好叫。」

星吃了清海做的咖哩飯，一邊看電視一邊幫清海練習英文翻譯題。

晚上十一點，星在客廳做起了每日必做的夜間鍛鍊。

伏地挺身與仰臥起坐各一百次。伏地挺身做到第五十八次的時候，清海打了個呵欠，丟下一句「晚安」，抱著貓走回臥房。

「喂，睡覺時別把牠放床上。」

「為什麼？」

「因為妳一睡著就會變成旋轉凶器。」星咕噥道。

沖過澡之後，星為明天早上要吃的糙米飯設定了電鍋預約時間。

接著星找來一條老舊的薄毛毯，摺疊起來放入剛買來的寵物籠內，拿著籠子走進臥房。幸好貓還活著。從位置來看，倘若進來得再晚一點，恐怕就得幫牠收屍了。

「真是生死一瞬間。」

星將貓抓起，放入地板上的籠子內，清海依然只穿一條內褲，睡成了大字形。星將她抱起，勉強在床上騰出了自己睡覺的空間。

「唔……阿斑呢？」

「牠很好。」

星將頭靠在枕頭上，輕輕摟過身旁的軟玉溫香。

「阿星，我看你今天好像很累。」

「是嗎？」

「工作很辛苦？」

星回想今天一整天發生過的事。

「並不特別辛苦。啊，不過我和我媽見了一面。」

「原來是這個緣故。」

清海將額頭靠在星的頸子上，嗤嗤笑了起來。「爲什麼你那麼不喜歡和你媽見面？」

「妳只要和她說上五分鐘話，就會明白我的心情。」

「我覺得她不是壞人。你的個性這麼溫柔，代表從小到大受到母親關愛。」

成長環境與溫柔之間的因果關係，恐怕並沒有那麼單純吧？何況我眞的是個溫柔的人嗎？星感覺到清海已迅速進入了夢鄉，只好仰頭看著陰暗的天花板。

對了，今天還沒寫日記。

星悄悄伸出手，開啟了床頭的讀書燈。動作必須非常輕柔，以免驚醒清海。枕邊的矮桌上擺著一本十年日記本[8]。星維持仰躺的姿勢，取來日記本，翻到今天的日期。

今年剛好是第十年。星依序瀏覽前面九年同一天的日記，接著在最下面的今年欄位，寫下過去不知已寫過幾千次的文字。

老樣子。

星沉吟了一會，又加了幾個字。

阿斑來了。

星將日記本放回矮桌上，關掉了燈。

清海睡得正熟。貓也睡得正熟。

星閉上雙眼。

末班電車從眞幌車站發車的聲響，在深邃的夜色中逐漸遠去。

---

8 十年日記本是一種格式較特殊的日記本，內頁只依照日期分頁，不同年份的相同日期寫在同一頁上，因此可以輕易瀏覽不同年份同一天的日記。

回憶中的銀幕

說起「眞幌戲院」的菊子，在地方上可說是無人不知，無人不曉。

「就算是原節子[9]，也跟妳差得遠了。」木工師傅公三說道。

「討厭啦，公爺爺，你別捧我了。」菊子一邊驗票，一邊謙虛地說。

「我說的可是眞話。」公三掏出錢包買票，臉上帶著靦腆的笑容。

去年開始上映的《我對青春無悔》，公三喜歡得不得了，已經來看三次了。不只是公三，附近居民就算再怎麼窮或再怎麼忙，都會設法籌出錢、擠出時間，到眞幌戲院來看電影。因此這座電影院天天有著門庭若市的榮景。

眞幌戲院是菊子的祖父於大正時期[10]所興建，是一棟西式兩層樓建築。即使以現在的眼光來看，外觀依然極具現代感。整座建築物有著圓弧狀的石牆，約至腰際的高度貼著藍色磁磚。色彩鮮豔的宣傳旗幟在門口隨風翻舞，上頭寫著：「曠世名作，盡在本院！」對開式的玻璃門有著木質外框，每次開闔時，鉸鏈就會發出細微的吱嘎聲響。一踏入門內，首先會看見一間小小的入口大廳，地上鋪著紅色地毯。

電影開場前，菊子會在大廳驗票，或是在販賣部賣蘇打水。電影開場後，菊子還得打掃大廳及廁所、計算營收，以及思考下一個檔期該上映什麼樣的電影。菊子及老闆兼放映技師的父親包辦整座電影院的營運，並沒有雇用其他員工，因此每天要做的事情可說是堆積如山。

即使如此，菊子只要一有空閒，就會到二樓放映室觀賞播放中的電影。正在上映的《我對青春無悔》，菊子也趁著工作空檔斷斷續續地看了五次。

銀幕上的原節子眞的很美，菊子完全能理解爲什麼公爺爺如此著迷。即使沾滿了泥巴，女主角的神態依然燦爛耀眼。正因爲這部電影不是新聞電影[11]或宣揚國威的電影，它回歸電影的本質，才能散發出令人引頸期盼的光輝。

菊子在驗票臺的一角打開了一瓶蘇打水，悄悄遞給公三。

「哎唷，眞是不好意思。阿菊，我越看妳越像英格麗·褒曼。」

「你就愛瞎說。」

菊子笑著搭住公三的肩膀，想要將他推進觀衆席，公三卻沉吟了起來，並沒有舉步。

「阿菊，建材店的那個兒子……」

公三從小看著菊子長大，在公三眼裡，菊子就跟親生女兒沒有兩樣。公三雖然常跟菊子開玩笑，其實對菊子非常關心。

菊子默默搖頭。公三嘆了口氣，但馬上又像重新打起精神似地安慰道：「妳放心，馬上就回來了。」

宣布電影開場的鈴聲響起，客人紛紛入座，大廳只剩下菊子一人。

---

9 原節子是日本在二戰前至六〇年代的知名女演員，爲黑澤明執導的電影《我對青春無悔》（わが青春に悔なし）的女主角。
10 日本的大正時期爲一九一二年至一九二六年之間。
11 日本在二戰前後由於電視尚不普及，電影院常會被用來播放一些新聞片段，稱作「新聞電影」（ニュース映画）。

我不是原節子。雖然被稱爲「眞幌西施」，但我永遠沒有辦法成爲原節子。這不只是長相的問題。我不像《我對青春無悔》裡的女主角那麼勇敢，我沒有勇氣展開新的生活。所以我只能等待。如今若問我是不是眞的喜歡那個人，我也已經說不上來了。但我沒辦法改變生活，只能靜靜等著生活來改變我。

菊子將電影票束成一大捆，轉頭望向大廳角落的一座大型落地鐘。糟糕，得趕緊去市場買晚餐的食材才行。

一打開玻璃門，夏季的晚風拂上了菊子的手臂。

「這老奶奶在說什麼啊？」行天歪著頭問道。

「大概是腦袋裡哪條迴路突然接通了吧。」多田喃喃說道。

兩人推著坐在輪椅上的曾根田老奶奶，正在眞幌市民醫院的中庭散心。這是個炎熱的盛夏午後，距離吹起夏季晚風的黃昏時分還很遙遠。由於沒有陽傘，行天爲老奶奶撐起一把大黑傘。多田推著輪椅，手上還拿著一瓶爲老奶奶準備的寶特瓶裝麥茶。

「搞不好是天氣太熱，腦子燒壞了。」

行天理所當然地說出了失禮的話。多田也擔心「搞不好是眞的」，趕緊將輪椅推到一棵櫸樹的樹蔭下。大黑傘的影子緊追在後，在有氣無力的野草上方左右搖曳。

多田在寶特瓶裡插了一根吸管，遞給曾根田老奶奶。裡頭的麥茶早已不冰了，老奶奶一口氣喝掉了半瓶。喝茶的時候當然沒有說話，但她的嘴才一離開吸管，馬上又說起年輕時的往事。

「呃，等一下、等一下。」

行天收起傘，蹲在老奶奶面前問：「妳說的眞幌戲院到底在哪？我怎麼從來沒聽過。眞幌有這家電影院？」

「就在箱急線眞幌站的旁邊。」曾根田老奶奶說道。

「從二樓窗戶可以看到眞幌車站尖尖的屋頂。平交道的另一頭，就是曾根田建材行。」

「尖尖的屋頂？」

現在的箱急線眞幌車站，是相當平凡的巨大方形建築。行天一臉疑惑地朝多田投以求救的眼神。多田因爲工作的關係，經常有機會與住在眞幌市的老人對話，所以對老奶奶說的內容，大致心裡有底。

「聽說在昭和三〇年代之前，箱急線眞幌車站是雄厚的山形建築。而且現在的曾根田工務店，在二戰剛結束那段時期曾經是建材行。」

「這麼說起來，眞幌戲院應該就是現在在第二平交道附近的那家電影院？奶奶，我說的對嗎？」行天問。

老奶奶點了點頭。

原來曾根田老奶奶是電影院老闆的女兒。即使是多田，也是今天才知道這件事。向來對情色話題不感興趣的行天可能不知道，但多田從剛剛的對話，已經完全摸清楚那家電影院的確切位置了。那個地點後來開了一間名叫「新眞幌浪漫戲院」的電影院，專門播放色情片，多田讀高中時經常光顧。不過那棟建築物只是一棟樸素的灰色建築，一點也不具現代感，當然也沒有對開式的玻璃門及藍色磁磚。

新眞幌浪漫戲院在大約十年前也結束營業了。建築物被拆掉，重新建了一棟公寓。根據老奶奶的描述，眞幌戲院是一間老少咸宜的電影院，並不是色情電影院。爲什麼眞幌戲院後來會變成專門播放色情片的新眞幌浪漫戲院？多田猜想多半是在電影產業衰退的那段時期，電影院的所有權被頂讓給別人了吧。

「話說回來，奶奶，妳說妳長得像原節子，這牛皮未免吹得太大了吧？」

行天說出了更失禮的話，還笑了起來。老奶奶不服氣地噘起了嘴，微微鼓起那有如大福麻糬上布滿了皺紋的臉頰。

「我可沒有吹牛。年輕時的我，可是迷倒了全眞幌的男人。」

「噢，是嗎？」

行天露出一臉調侃的微笑，蹲在地上仰頭看著老奶奶：「妳迷倒了哪些男人？那個公爺爺？」

「你是在取笑我嗎？公爺爺那時候已經快七十歲了。」

老奶奶說著，忽然像是發現了什麼祕密，目不轉睛地盯著行天的臉，半晌才說：「咦，你長得跟他可眞像。」

「什麼，妳說我跟公爺爺長得像？」

「不，是跟我談戀愛的那個男人。年輕又瀟灑，眼神還帶了一點惆悵。」

「老奶奶說你年輕又瀟灑。」多田取笑行天。

「能夠被原節子看上眼，可眞是榮幸。」行天以生硬的口吻說道。

「你叫什麼名字？」

老奶奶以陶醉的眼神癡癡望著行天，連平常粗神經的行天也不禁有些尷尬。

「我姓行天。」

「你想不想聽我的羅曼史？」

「沒有特別想。」

「不用跟我客氣。我還記得，當年我第一次遇到行天……」

「爲什麼我變成男主角？」

「那已經是半世紀以前的事了，我早就忘了那個人叫什麼，只好管他叫行天。」

老奶奶擅自做了決定。多田見她表情有些靦腆，心想她多半不是忘了，只是想把那個名字藏在心底，不願輕易說出口。

日本戰敗兩年後，眞幌的居民跟街道都還帶著一點蕭條之色，但已逐漸恢復了活力。

橫濱中央交通公司的牛頭巴士[12]型公車一邊鳴笛，一邊在眞幌大街的人群中緩緩前進。菊子走進一家乾貨店的屋簷下，讓出了道路，默默看著公車通過眼前。一大群孩子緊跟在公車後面奔跑，菊子實在不明白那麼做有什麼樂趣。孩子們臉上堆滿了笑容，像剛出生的幼犬一樣打鬧嬉戲，隨著公車而去。

公車一通過，退避到道路兩旁的路人再度回到大街上，轉眼間又將大街擠得水洩不通。每當看見貌似返鄉軍人的年輕男人，菊子總是會忍不住回頭多看幾眼，然後嘆了口氣，再次將頭轉回前方。一個身穿小圓點花紋無袖連身裙的少女，正陪伴在身穿和服的母親身邊，站在菜販前方專心挑著菜。

一種有如芒刺在背的感覺，讓菊子忍不住垂下了頭。即使櫛比鱗次的店家都在門口灑了水，還是沒有辦法阻止泥土路面揚起陣陣塵埃。穿在木屐上的深藍色碎花紋細帶，因蒙上塵土而顯得有些灰白。她身上穿的是樸素的短袖上衣。自己縫製的藏青色裙子，看起來毫不起眼。就算那個人眞的回來了，看見自己這副模樣，恐怕也會大失所望。

市場的方向傳來嘈雜的喧鬧聲。菊子趕緊將這股自怨自艾的心情拋諸腦後。現在得趕緊去買晚餐的食材，沒有時間煩惱那些。要是能買到一點酒，父親一定會很開心，但不知道今天的價錢如何。聽說酒類再過不久就會解除管制，能夠在市場上自由販賣，但現在要買到依然不容易。

眞幌算是運氣不錯，沒有遭到攻擊。將東京炸成一片焦土的美軍轟炸機，多半沒把這個居民大多務農的小鎮放在眼裡。

但就在戰爭結束那年的春天，眞幌車站附近發生了一場火災。災情相當慘重，省線[13]眞幌站的周邊陷入一片火海，大街上約有六成店家付之一炬。所幸起火時間是在大白天，所以沒有人被燒死，但居民早已因爲戰爭而身心俱疲，這場惡火就如同壓倒駱駝的最後一根稻草。

即便住家沒有遭受轟炸，生活還是會因戰爭而大受影響。菊子曾經好幾次在車站目送出征的男人離開眞幌，有時是在箱急線眞幌站，有時是在省線眞幌站。

那些男人並不是軍人。有些是認識多年的鄰居叔叔，有些是朋友的哥哥。菊子打從一出生，就跟這些人生活在同一個鎮上。然而有一天，他們卻必須換上軍裝，在「萬歲」的歡呼聲中，搭上列車離開這裡。

當曾根田建材行老闆的兒子，也就是菊子的未婚夫出征時，菊子眞的忍無可忍了。雖然不敢大聲說出口，但菊子眞心認爲這場愚蠢的戰爭早就該結束了。

眞幌戲院即使在戰爭期間，也會瞞著憲兵私下播放一些外國電影或老舊的日本電影。由於戰爭造成局勢混亂，電影院保存著一些沒有歸還發行公司的電影膠捲。橫濱也有一些專門播放老電影的電影院，像眞幌戲院一樣，經常私底下偷偷播放電影。眞幌戲院有時也會向他們商借

---

12 牛頭巴士（Bonnet Bus）指的是車頭向前突出，內藏前置引擎的巴士類型。

13 「省線」指日本在二戰前後由鐵道省（後改名運輸省）負責營運的鐵路路線。

膠捲。燈火管制的夜晚總是一片漆黑，唯獨那祕密的銀幕泛著淡淡白光。居民們會從電影院後門悄悄進入，各自找座位坐下。

《雖然大學畢業了》、《河內山宗俊》、《鴛鴦歌合戰》、《哀嘆天使》、《黑街老大》、《街燈》……在那一幕幕畫面裡，有和平的歲月，有精彩的打鬥，有溫馨也有殘酷。

菊子特別喜歡《一夜風流》[14]這部電影。那是在還可以公開放映外國電影的時期，最後上映的高品質電影作品之一。午夜的祕密放映會上，只要播放這部電影，菊子總是會目不轉睛地盯著銀幕。看著那犀利鬥嘴的男女，看著那美好的戀情，看著那老舊的飯店，看著那美國的景色。當初第一次上映時，菊子曾抱著滿心的雀躍，和未婚夫一起觀賞這部電影。如今驀然回首，發現那一切都距離自己好遙遠。

如今戰爭結束了，許多人卻沒有回來。菊子的未婚夫也是其中之一。就連是死是活也不知道。她唯一能做的只有等待。

慘遭祝融的商店街，有好一段日子就這麼被棄之不理。鎮上的居民幾乎只剩下老弱婦孺，連救火都有困難。沒有人具備重建商店街的活力、體能及資金。只有少數店家勉強搭起簡陋的木屋，重新做起生意。

直到前年的八月十五日之後，情況才有了變化。幾個返鄉軍人與外地來的遊民攜手合作，轉眼間蓋起一棟棟相連的木屋，形成市場。能夠有這樣的變化，恐怕得歸功於進駐軍接管了河川對岸神奈川縣境內的陸軍機場。省線眞幌站的鐵路另一頭，開始出現一些站在路旁接客的街娼。掌控鬧區的黑幫人物，以及帶著娼妓的美軍，開始遊走在眞幌大街上。不管警察再怎麼取締，市場內的違法物資還是會以飛快的速度銷售一空。

畢竟如果不買違法物資，居民們恐怕連三餐要塡飽肚子都有困難。

菊子從菜籃裡拿出自備的一升裝空酒瓶，買了半瓶精米。接著又買了一塊不知是什麼魚種的白肉魚。今天的晚餐就決定做白蘿蔔燉魚了。菊子東張西望，希望商店街的某處角落有人在賣便宜的私釀酒。

「阿菊，我剛進了一些不錯的二手衣，要不要來看看？」

「來我這裡買本雜誌吧。」

招呼聲此起彼落，菊子一邊以笑容回應，一邊穿梭在簡陋木屋之間的狹窄巷道內，朝著市場的深處前進。

以眞幌作爲地盤的岡山組，不久前找人爲市場裝設了可以遮風避雨的拱頂。所謂的拱頂，其實也不過就是在道路上方安裝一片鐵皮頂蓋。有了頂蓋之後，確實下雨天買東西方便多了，但是像今天這樣晴朗的日子，反而會因爲密不透風而異常悶熱。

菊子站在路中央，抹去額頭的汗水。就在這時，背後忽然響起一陣腳步聲。一個男人通過

14《一夜風流》（*It Happened One Night*）是由克拉克・蓋博與克勞黛・考爾白主演的喜劇電影，於一九三四年上映。

菊子身邊，忽然用力拉住了菊子的手腕。

菊子驚呼一聲，腳下一個踉蹌，差一點摔倒。難道是遇上了強盜？菊子趕緊以空著的手緊緊抓住菜藍。

「抱歉，幫我擋一下。」

菊子聽見低沉的男人說話聲，同時身體被硬拖著走了好幾步。男人將菊子拉到路旁一條狹窄暗巷的入口處，菊子的身體剛好擋住了巷口，男人則鑽進暗巷，蹲在地上。

「那小子，跑到哪裡去了？」

三個滿臉橫肉的男人，一邊怒罵一邊沿著道路奔了過來。其中一個男人爲了洩憤，踢翻了五金行擺在門口的鐵臉盆。不管是購物的客人還是店家老闆，全都嚇得縮起身子，偷眼觀察著男人們的一舉一動。

一個男人朝菊子毫不客氣地喝問：「小妞，有沒有看到一個年輕男人跑過來？」

菊子伸出右手，指著市場另一頭的出入口。

「往那裡跑過去了。」菊子以顫抖的聲音說道。

三個男人拔腿狂奔，轉眼間已不見身影，市場總算恢復了原本的平靜。

「那些人……好像走了。」

菊子戰戰兢兢地望向暗巷，這才仔細打量起這個引起騷動的男人。

原本蹲在地上，背部緊貼著木牆的男人，不知何時竟抽起了和平牌香菸。他一派悠哉地吐了口煙霧，然後起身。

「姑娘，給妳添麻煩了。」男人對菊子露出微笑。

年紀看起來只比菊子稍微大一點，身上穿著白色開襟襯衫及黑色長褲，不太像是在道上混的。但從那削瘦的臉頰，不難看出他過的是頹廢的生活。一對油亮漆黑的眼珠散發著知性的神采。

「爲了向妳道歉，我請妳喝咖啡吧。」

「不用了。」

菊子擔心這個人來路不正，猛然看見男人的手腕正在流血：「你受傷了？」

「嗯？」

男人似乎才察覺到手腕上的傷口，他舔了舔手腕上那紅色的細線。「那些傢伙，拿著像破銅爛鐵一樣的刀子亂揮。」

菊子不是很想跟這個人有瓜葛，所以沒有主動提出要幫他包紮傷口，而是從菜籃裡拿出自己的手帕，遞了出去。

「用這個吧。」

「不用了。這點小傷，舔一舔就行了。別管這個，我們去喝咖啡吧。」

「謝謝，我不想喝。」菊子再次拒絕，並把手帕塞進男人的手裡。「我要走了，再見。」

「妳叫什麼名字？」

背後傳來男人的詢問聲。菊子沒有理會，沿著原路快步走回。

「我姓行天，後會有期。」

菊子聽到這句話，心裡暗罵一聲「別開玩笑了」。誰想跟一個被流氓追殺的男人「後會有期」？菊子想到這裡驚覺不對勁。剛剛遞給他的那條手帕上，印著「眞幌戲院」字樣。

父親吃著沒有配酒的晚餐，敏銳地察覺到有什麼不對，便問菊子：「發生什麼事了？」

「爲什麼這麼問？」

「妳看起來有點心不在焉。」

「我沒有心不在焉。」

「是嗎？那就好。」

父親喝乾杯裡的茶，吆喝一聲，站了起來。在第一盤膠捲捲完之前，必須返回放映室才行。就算是吃飯時間，放映室的門也不會關上，只會拉起一道黑幕。這是爲了讓父親在放映室起火或是膠捲意外斷掉時，能在最短的時間內處理。打從母親還在世的時候，菊子一家人就不曾放寬心好好吃一頓飯。

「菊子，妳已經二十八了，就算找新的對象，也不會有人怪妳。曾根田家也說了，他們能夠諒解。」

「爸，別說這個了。」

「早知道啟介會過這麼多年還沒回來，當初就應該在他出征前讓你們完婚。」

「啟介一定會回來的。」菊子擠出微笑，以堅強的口吻說道。

「爸，你不用擔心。」

父親匆忙地走進放映室。菊子洗好碗盤，也回到二樓自己的房間。啟介不僅是菊子的未婚夫，兩人更是青梅竹馬的關係。菊子的書桌抽屜裡還放著啟介的照片。照片裡那個熟悉的男人，就像當年一樣露出爽朗的笑容。

快回來吧，啟介。你再不回來，你在我心中的回憶，恐怕就只剩下這個笑容了。

驀然間，菊子的腦海浮現了傍晚遇見的那個自稱姓行天的男人。自己的手腕被他抓住時，那強而有力的手指觸感……那鮮紅的血，那淡淡的微笑。以及凝視著菊子時，那宛如夜色一般昏暗的雙眸……全都深深烙印在菊子的胸口。

要是他跑來電影院該怎麼辦？接連好幾天，菊子一直帶著忐忑不安的心情。

「呃，可以暫停一下嗎？」這次輪到多田喊停了。

「被流氓追趕的那個看起來有點壞的傢伙，妳管他叫行天，這個我沒有意見。」

「麻煩你有點意見，我看起來哪裡壞了？」行天嘀咕道。

「但妳的未婚夫怎麼會叫『啟介』？後來妳應該還是跟未婚夫結婚了吧？不然妳怎麼會姓『曾根田』？」

「嗯。」老奶奶點了點頭。

「既然是這樣，故事裡出現的那個未婚夫，應該就是曾根田工務店的前老闆，不是嗎？」

「嗯。」

「如果我沒記錯的話，他的名字應該是『德一』吧？跟我的『啟介』差那麼多！」

「這很重要嗎？」

老奶奶以沒有牙齒的嘴含糊說：「我的老伴德一，跟你有點像。」

哪裡像了？多田的腦海浮現了三年前過世的德一老爺爺的臉孔。雖然身體硬朗，但不僅頂上無毛，而且一看就知道是個頑固老頭。

老奶奶似乎看穿了多田心中的想法，補了一句：「為人和善，處事笨拙。」

一旁的行天發出了「桀桀桀」的笑聲。

「你是多田啟介，對吧？經營便利屋的。」

老奶奶今天難得思路清晰，認出了多田是經營便利屋的多田。

「嗯，是啊。」多田說。

最近老奶奶有時會把多田當成自己的兒子，有時則能正確理解多田是經營便利屋的，代替兒子到醫院探望自己。以機率而言，大概一半一半吧。從前老奶奶完全只把多田當成兒子，但上次行天受傷住院時，多田數次以「經營便利屋的多田」身分與老奶奶對話。那陣子之後，老奶奶的意識似乎漸漸出現了一些變化。

站在多田的立場，當然希望老奶奶能夠正確理解自己是「經營便利屋的多田」。長期以來一直假扮她的兒子，雖說也是工作，畢竟還是欺騙的行爲，讓多田有些良心不安。

「既然你經營的是便利屋，我在故事裡把曾根田建材店老闆的兒子叫啟介，你應該不會介意吧？」

多田雖然很介意，但被老奶奶這麼一說，實在不知如何反駁。

「原來我們眞幌曾經有黑市？」

行天似乎對老奶奶的故事很感興趣，問了一個耐人尋味的問題。

「不但有，而且規模還不小。後來土地重新規劃，當年曾經是黑市的地方都變成高樓，只剩下仲通商店街還保留了一點當年的風貌。」

「噢，原來如此。」行天點了點頭。

眞幌車站一帶的景色，這二十年來有了相當大的變化。「省線的另一頭」早已沒落，現在只剩下露露、海希跟她們那些姊妹們還勉強接客餬口。當年讓美軍流連忘返的繁華景象，如今只能從那些工作上接觸到的老人口中得知一二。

「後來呢？那個有點壞的行天到眞幌戲院來找妳了嗎？」行天刻意表現得很感興趣。

「來了。」

老奶奶仰頭看著櫸樹的枝葉。半個多世紀前的夏日豔陽，想必也像現在這樣，灑落在午後的地面上。

「嗨，姑娘。」

菊子在市場邂逅行天的一個星期後，行天踏著悠哉的步伐走進眞幌戲院。菊子沒預期行天會出現，正拿著布撣子在販賣部清灰塵。一看見行天，菊子整個人嚇傻了。

「上次的事，多謝妳了。」

行天從褲子口袋取出摺得整整齊齊的手帕。不僅上頭的血跡都洗掉了，而且還熨燙過。

菊子一看那手帕，便知道行天一定跟女人住在一起。不知道爲什麼，菊子忽然感覺胸口一陣酸楚。

「謝謝你洗得這麼乾淨。」

菊子接過手帕，走向驗票臺，不再與行天交談。行天卻似乎沒有離去的打算，仰頭看著貼在牆上的海報。電影早已開場，大廳幾乎沒有其他客人。菊子一顆心七上八下，只好轉頭望向玻璃門，看著外頭熙來攘往的路人。

不一會，忽然有道陰影落在驗票臺上。菊子抬頭一看，行天就站在自己眼前。不僅沒有腳步聲，而且感受不到一絲氣息。

「姑娘。」

行天那氣定神閒的態度及表情，讓菊子不禁有些惱怒。

「不要叫我姑娘，我姓田中。」菊子說。

「田中什麼？」

「……菊子。」

「阿菊，妳願不願意讓我表達謝意？」

一個陌生男人突然稱自己爲「阿菊」，菊子本來想發脾氣，但見了行天那單純沒有心機的笑容，菊子竟忍不住笑了出來。

「表達謝意？你指的是喝咖啡，是嗎？」

「沒錯，大街上新開了一家咖啡廳，叫做阿波羅，妳去過了嗎？」

「我沒去過，但我不跟你去。跟一個男人單獨喝咖啡，要是被附近鄰居看見了，不曉得會被說什麼。」

「阿菊，妳幾歲？」

「虛歲二十八了。」

「眞的嗎？我還以爲妳才二十二、三歲。我估人年紀很少出錯，沒想到今天竟然看走了眼。妳看起來太年輕了。」

一聽就知道是謊言。看他說得那麼溜，應該常拿這句話來哄女孩子開心吧。但行天瞇起了雙眼，那眼神溫柔中帶著幾分認眞，卻又夾雜著幾分惡作劇的戲謔，讓人發不了脾氣。菊子忍不住又笑了出來，行天見菊子卸下心防，也顯得很開心。

「去喝杯咖啡而已，沒什麼大不了的吧？妳已經結婚了？」

「我有未婚夫。」

「他在哪？」

菊子想起現實的狀況，不由得垂下了頭。

「上戰場去了……」

行天一聽，心裡似乎明白了，沒有繼續追問。他把手放在驗票臺上，手指輕敲，隨著大廳時鐘的鐘擺節奏打起了拍子。他的手指修長而漂亮，指節並不明顯。

「現在這個時間是什麼？」

「我的工作時間。」

「我指的是電影。」

「噢。」

菊子指著眞幌戲院的放映時間表。「《一夜風流》。接下來一個星期，傍晚跟晚上的場次都是這齣。」

「耶利哥城牆[15]。」

「原來你看過了？」

「上戰場前看的。」

菊子心想，原來行天是從戰場回來的返鄉軍人？這說起來也很合理，那些年除非有什麼特別的理由，否則每個男人都難逃受到徵召的命運。行天所流露的那一抹惆悵，讓菊子聯想到此刻不知身處何地的啟介，呼吸不由得急促起來。

行天不知是否注意到了菊子的心境變化，說話的口氣並沒有絲毫改變。

「是部好電影。」行天又說：「我挺喜歡。阿菊，妳呢？」

「非常喜歡。」菊子也跟著說道。

明明說的是喜歡電影，菊子卻感覺臉紅心跳，一顆心有如小鹿亂撞。

「我還會再來。」

行天將手從驗票臺上移開，推開玻璃門，頭也不回地走了出去。

兩天後，行天又來了。當時正是放映夜間場次的時候。

由於大廳還有其他客人，兩人都裝作互不認識，一個默默買票，一個默默賣票。行天付錢時，在紙鈔裡夾帶了一枚小紙片。紙片上頭寫著「明天下午三點，站前廣場」。菊子趕緊將紙片塞進裙子口袋，同時將滿手汗水悄悄抹在裙子上。

菊子沒等電影散場就躲回自己房間，所以不知道行天看完電影後，是帶著什麼樣的表情走出電影院。菊子拿出啟介的照片，看了一會之後，以蓋著的方式將照片放回抽屜。

15「耶利哥城牆（Walls of Jericho）」的典故出自《舊約聖經》的〈約書亞記〉，描述一座曾經阻擋約書亞的城牆，後來因神蹟而倒塌。在電影《一夜風流》（*It Happened One Night*）裡頭，有個非常有名的橋段：男女主角被迫睡在同一間旅館房間裡，男主角在房間中央拉起一條繩索，掛上毛毯，稱其爲「耶利哥城牆」。

那一晚，菊子睡得極不安穩，彷彿自己已經做了什麼背叛啟介的事。

隔天，菊子猶豫了很久，最後還是前往了站前廣場。下午場才剛開場，大約有一個小時的空檔。「今天我想早點去買菜。」離開前，菊子對父親這麼說。「路上小心。」父親坐在陰暗的小房間裡，身上汗涔涔，兩眼緊盯著放映機，絲毫沒有起疑。

來到廣場上一看，行天已先到了，正坐在長椅上看著公車進進出出。菊子本來擔心在這種地方見面實在太引人側目，沒想到在這豔陽高照的夏日午後，進出車站的人並不多。

菊子也跟行天一樣坐在長椅的角落，中間隔了一人份的空間。行天以兩根手指夾著一個玻璃瓶，將瓶蓋卡在長椅的邊緣，輕輕巧巧一勾，便打開了瓶蓋。

「給妳。」

那玻璃瓶裡頭裝的是黑色液體。

「那是什麼？」

「可口可樂。來後站的美國人給我的，還冰得很，妳喝喝看。」

菊子接過瓶子，確實觸感沁涼。看上去有點像咖啡，卻又不是咖啡。反正應該不會是毒藥吧。菊子鼓起勇氣喝了一口。像這樣直接將嘴對著瓶口喝，還是人生頭一遭。

「這是什麼啊？」液體一通過喉嚨，菊子連咳了好幾聲。「喝起來像藥水！」

大量的碳酸讓舌頭微微發麻，味道則像是藥草茶加糖之後以蘇打水熬煮而成。

「我也這麼覺得。」

行天看菊子咳個不停，感同身受地點頭：「但那些美國佬就是愛喝這玩意，我實在搞不懂這東西有什麼好喝。」

「你自己都搞不懂的東西，還拿給我喝？」

菊子又戰戰兢兢地輕啜一口，仔細品嚐那味道。

「妳抱怨個不停，卻還是繼續喝？」

行天帶著滿臉笑意，看著被碳酸嗆得眼淚直流的菊子。

「該怎麼說呢？這東西有一股餘勁，讓人想要繼續喝。」

「妳不用勉強喝啦。」

行天從菊子手上接過瓶子，喝乾剩下的半瓶。瓶口與行天的嘴唇碰在一起，菊子別過頭不敢多看。夏季的雪白雲堆，懸浮在眞幌車站的三角形屋頂上空。

「你又看了一次《一夜風流》，有什麼感想？」菊子問道。

「劇情跟我以前看的一樣。」行天說。

菊子噴笑了出來。

「同一部電影，難道劇情會不一樣？」

「打從一開始，耶利哥城牆就注定會倒。女人會爲了心愛的男人，放棄安定的生活。」

菊子瞬間感覺心跳加劇。菊子看著行天，行天也看著她，兩人就這麼互相凝視了好一會。

「那是電影的情節。」菊子說。

「嗯，那是電影的情節。」行天也跟著說道。

「你不是眞幌人，對吧？」菊子拉平裙子上的皺紋，換了個話題：「在這裡做什麼工作？」

「不可告人的工作。」

剛好就在這時，一個身穿鮮豔襯衫的男人從車站走了出來。他就是上次追趕行天的流氓之一。行天與男人對上了眼，男人發出「啊」的一聲驚呼。

「下次再聊吧。」

行天朝菊子拋下這句話，抓著可口可樂的空瓶，起身穿越廣場，朝著那流氓走去。那流氓還來不及反應，行天竟當著菊子的面，將空瓶砸在那流氓的頭上。空瓶破了，流氓的額頭也破了。流氓伏倒在地上一動也不動，頭上血流如注。行天迅速轉身，消失在大街的人群之中。

菊子看得目瞪口呆。不一會，警察趕到現場將流氓救起。菊子假裝若無其事地起身離開長椅。

走回眞幌戲院的一路上，菊子一直強忍著笑意。

「行天喜歡裝酷，講起話來尖酸刻薄，卻是個打架高手。唉，眞是個好男人，簡直是克拉克・蓋博的翻版。」

曾根田老奶奶長嘆一聲。

「過去有人說你長得像克拉克・蓋博嗎？」多田問行天。

「你說呢？我的下巴可沒有裂成兩半。」行天臭著臉說。

克拉克・蓋博的下巴裂成兩半？多田細細回想那好萊塢巨星的長相。應該頂多只是有條溝，總不可能眞的裂成兩半吧？

行天摸著自己的下巴，彷彿是在確認有沒有裂縫。

「奶奶，天都要黑了，妳的耶利哥城牆什麼時候會倒？」

「我也很希望它快倒。」

老奶奶朝行天拋了個媚眼。

「妳這老太婆，腦袋該不會秀逗了吧？大家都說人老了會癡呆，妳的癡卻是花癡的癡……」

多田朝行天頂了一肘，讓他停止嘴裡的碎碎唸。曾根田老奶奶也是重要的客戶之一。不，嚴格來說，客戶是委託多田前來探望老奶奶的兒子，但總而言之，老奶奶不能隨便得罪。

「曾根田奶奶。」

爲了讓老奶奶趕快把故事說完，多田故意蹲在老奶奶的面前問道：「如果說行天是克拉克・蓋博，那德一先生，也就是妳的未婚夫……」

「啟介。他在故事裡的名字是啟介。」老奶奶毫不妥協地立即訂正，多田輕咳一聲。

「呃，那個啟介……」多田改口說：「是個什麼樣的人？」

「那還用說嗎？行天是克拉克・蓋博，啟介當然就是萊斯利・霍華德。」

「懦弱又膽小的衛希禮。」行天搖頭晃腦地說道：「不過當時還沒有上映吧？」老奶奶噘起了嘴，發出「呼呼」笑聲。多田聽到這裡，才明白兩人說的是克拉克・蓋博的主演代表作《亂世佳人》[16]。

「衛希禮明明是個好人。」多田咕噥道。

「我一直搞不懂，爲什麼大家都喜歡像白瑞德那種人。」

「難怪你沒有女人緣。」

「你有資格說我？」

「我是下巴沒有裂開的蓋博行天。」

行天裝模作樣地揚起單邊眉毛，曾根田老奶奶露出樂不可支的表情。

菊子與行天越來越常見面。不過菊子每天的空閒時間並不多，就算見了面，大多也是在衆目睽睽之下。菊子還沒有勇氣與行天獨處一室，行天也沒有踰矩的行爲，從頭到尾只當菊子是「在電影院工作的良家婦女」。

阻擋在兩人中間的耶利哥城牆，其實是不在場的男人所創造出的陰影。那道陰影又黑又長，讓人難以跨越。

這天菊子在市場迅速買完菜，便趕往阿波羅咖啡廳。店內裝潢還很新，不間斷地播放著爵士樂的唱片。地面上設計了一道注滿水的溝渠，活生生的大型錦鯉悠游其中。

前所未見的店內風格，讓阿波羅成爲大受眞幌居民喜愛的咖啡廳。但行天總是坐在店內最深處的桌邊，不與那些吵吵鬧鬧的客人爲伍。偶爾行天會朝游到近處的錦鯉投擲餅乾碎塊，因而遭阿波羅的老闆責罵。

「我說過很多次了，不要拿東西餵錦鯉，你這客人眞是講不聽。」

老闆一邊朝行天抱怨，一邊將咖啡放在菊子面前的桌上。照理來說，老闆應該早就認出菊子是眞幌戲院老闆的女兒，但他很識相地裝作不認識。

菊子與行天並沒有什麼特別熱衷的閒聊話題，兩人就只是刻意放慢速度，盡可能拉長時間，喝著那苦澀又帶著粉末顆粒的代用咖啡[17]。每次結帳時，都是由行天付錢。

菊子曾經懷疑過，行天接近自己，可能是有什麼不良企圖。例如他可能玩膩了風塵女子，所以想要設法搞上一個完全不同類型的女人。要不然就是他認爲眞幌戲院生意很好，老闆的女兒一定非常有錢，才故意接近自己，想要撈些油水。

但是見了幾次面，菊子漸漸對行天改觀了。除了請菊子喝咖啡，行天從來不曾特別花錢在

---

16 克拉克．蓋博（Clark Gable）與萊斯利．霍華德（Leslie Howard）分別在電影《亂世佳人》（*Gone with the Wind*）中飾演白瑞德（Rhett Butler）與衛希禮（Ashley Wilkes）。《亂世佳人》是一部改編自名著小說的美國電影，一九三九年在美國上映，但由於戰爭的關係，日本到了一九五二年才上映，因此行天才會有「當時還沒有上映」之語。

17「代用咖啡」指的是看起來像咖啡，但不使用咖啡豆調製出來的飲品，原料可能是黃豆、牛蒡或馬鈴薯。日本在二戰期間及戰爭剛結束的時期，由於眞正的咖啡豆難以取得，所以咖啡廳僅提供外觀看起來像咖啡的代用咖啡。

菊子身上。區區幾杯代用咖啡，也不是能夠特別拿來說嘴的金額。行天請菊子喝咖啡，似乎只是單純依循著「男女一起進咖啡廳，男生應該付錢」的慣例。當然行天更不曾餽贈什麼討菊子歡心的贈禮，並暗示索討回報。不論是從任何層面來看，行天似乎都對菊子不抱任何特別的期待。

當菊子察覺這一點，不禁對自己的疑神疑鬼深深感到慚愧。同時胸中湧起莫名的喜悅、自豪，以及對行天的愛慕。

菊子不想再等了。如今菊子已明白自己愛的人是誰，等待變成一件沒有意義的事。就算啟介回來了，也沒有辦法改變現在這個狀況。

身爲一個有未婚夫的人，怎麼能夠抱持這種殘酷又傲慢的想法？雖然理性如此譴責自己，但菊子的心靈與視線已無法從行天身上移開。

但行天呢？他是怎麼想的？比起我對行天的想法，更重要的是行天對我的想法。他對我表現出一副完全不抱期待的態度，是因爲他認爲我們倆不可能有結果，所以他就放棄了嗎？抑或，他想到在一起之後的麻煩事（例如結婚），幾經思量後決定打退堂鼓？

菊子隱約察覺到，行天的工作與後站的流氓勢力脫不了關係。有好幾名風塵女子經常圍繞在行天身邊。

菊子決定先愼重地摸清楚行天的眞正意圖再說。菊子的心中萌生了愛情，而愛情讓菊子變得膽小如鼠。要是到頭來，一切都是我自己想太多，該如何是好？要是最後行天笑著拒絕了我，該怎麼辦？菊子明白自己肯定無法承受那種打擊。

這是菊子第一次抱持這樣的心情。即使是對未婚夫啟介，菊子也不曾投以如此膽怯而殷切的目光。

畢竟啟介與菊子從小一起長大，菊子根本不需要揣測他的想法。更重要的一點，對於相當熟悉且早已訂婚的啟介，菊子不用煩惱該做什麼，或是該表現出什麼樣的態度。結婚之前當個開朗、快樂的未婚妻；結婚之後當個溫柔婉約的妻子。完全不需要懷疑，也不需要思考。

自從認識了行天，菊子才懂得男女交往中的老謀深算及爾虞我詐。說得更明白一點，行天讓菊子明白了什麼是愛情。

但菊子所具備的，畢竟不過是生平第一次的老謀深算，以及毫無經驗的爾虞我詐。過於缺乏歷練的菊子，當然不可能在愛情上事事順心。

就在薰風開始轉涼的時期，發生了一件事，讓菊子深刻體會到自己的天真。那就是啟介回來了。據說日本戰敗後，啟介一直被監禁在西伯利亞，但他本人對此不願多談。

這天，菊子一如往昔到阿波羅咖啡廳與行天見了面。回到眞幌戲院時，照理來說電影應該還沒散場，大廳卻擠滿了人。甚至就連應該待在放映室的父親也在人群之中。每個人都笑得開懷，同時每個人也都流著淚。

一種說不上來的氛圍，讓菊子怔怔地站在門口，不敢踏入一步。

啟介就站在大廳中央。曾根田建材行的老闆夫婦，也就是啟介的父母，站在啟介身邊，各自老淚縱橫。

對菊子來說，這簡直就像一場夢。

啟介在戰場上有過什麼樣的遭遇？戰爭結束之後的那兩年，他又遇上了些什麼事？雖然啟介什麼也沒說，但每個人都大致想像得出來。啟介聽著衆人的道賀與慰勞，整個人瘦得皮包骨，但眼神依舊保有當年的溫柔與誠懇。

公三一看見菊子，立刻招了招手，大喊一聲「阿菊」。啟介的視線與菊子一對上，臉上的笑容變得更加溫柔了。

「阿菊！」

菊子聽見啟介那溫柔的呼喚聲，猶如一條鞭子抽在身上，猛然一個翻身，奪門而出。菊子在大街上狂奔，心裡明白自己正在做一件很殘酷的事情。不明白的是爲什麼明知道殘酷，卻感覺非做不可？

來到阿波羅咖啡廳一看，行天早已不在了。菊子甚至沒有停下來喘息，立即奔回大街上。不一會，奔進了市場內。道路兩旁的店家老闆以及過路行人紛紛向菊子道喜：「阿菊，聽說啟介回來了！」、「阿菊，恭喜！」菊子腳下毫不停留，卻伸手摀住了耳朵。

來到市場的中段時，菊子終於追上了行天。

「發生什麼事？」

行天見了菊子的激動神情，顯得相當驚訝。菊子一時喘不過氣，根本沒辦法開口說話。等到終於調勻呼吸後，菊子以接近哀號的聲音喊道：「帶我走！帶我回你家！」老謀深算與爾虞我詐都拋諸腦後。菊子唯一能做的，就是放手讓靈魂發出吶喊。菊子的指甲，刺入了行天的手腕皮膚。

「我的未婚夫回來了。」

行天沉默了非常久。最後他依然沒有開口，只是握住菊子的手走出市場，跨越了省線眞幌站的鐵軌。

車站的另一頭，是菊子完全陌生的世界。明明近在咫尺，卻感覺遠在天邊，那個世界有著菊子從來沒見過的景色。溼潤的空氣來自於人體皮膚所散發出來的熱氣。即便充塞著喧囂聲，即便放眼望去盡是五光十色的霓虹燈，仍讓人感覺整條街有如海市蜃樓，在渾沌的黑暗中不斷搖曳。

摟著女人肩膀的美軍士兵走了過來，像老朋友一樣朝行天搭話，行天只說了兩、三句話，便將對方打發了。

行天的住處在後站的長屋裡。站在屋簷下的女人朝著菊子上下打量，眼神流露出敵意與好奇心。

「行天，這女的是良家婦女吧？你帶她來這裡幹什麼？」

行天輕輕揮手讓女人退開，帶著菊子走進長屋的房間並關上門。菊子根本沒有閒情逸致觀察房內的擺設，只是一味地將臉埋進行天的胸口。行天的手腕輕輕繞到了菊子背後。

隔天清晨，行天送菊子回眞幌戲院。兩人走在沒有人的大街上，行天配合著菊子的步調，走得非常緩慢。

「哇，眞令人意外的劇情發展。」

多田在一旁急喊著「不要亂說話」，但行天完全不理會，將身體湊上前：「沒想到妳竟然跟浪子行天那個了。」

「嗯，那個了。」曾根田老奶奶點了點頭。

「這事情恐怕有點大條吧？」

「豈止是有點？我爸氣呼呼地站在門口，二話不說就摑了我一巴掌。但我不後悔，因爲我對行天是眞心的。」

「妳對啟介要怎麼交代？」

「當然是實話實說，不然還能怎麼交代？」

「妳好壞，眞的好壞。」行天對老奶奶讚不絕口。「啟介是不是很生氣？是不是很難過？」

「啟介那個人，實在讓人有些捉摸不透。」

老奶奶一邊說，一邊搖頭晃腦，只差沒發出嘖嘖聲。

「啟介聽完後只說了一句：『是嗎？』沉思了好一會，接下來……他竟然說出一個驚人的提議……」

多田擅自被拔擢爲故事裡的人物，內心有些尷尬與彆扭，卻又對「啟介」的提案感到好奇不已。

「阿菊，我建議妳不要跟我取消婚約。」

菊子聽啟介這麼說，吃驚地抬起了頭。

昨天晚上，啟介與菊子的父親在眞幌戲院的大廳等了一整晚。誰能預料得到，未婚妻一看見啟介，竟然會奔出家門，整晚沒有回來？啟介在外頭吃了那麼多年的苦，好不容易歷劫歸來，竟然當天晚上就遇上這種事。對於菊子違背常理的舉動，啟介的父母當然大爲光火。最後是啟介好說歹說，才安撫了父母的情緒，並且勸他們先回家等候消息。

菊子被父親打了耳光之後，啟介將菊子攙扶到大廳沙發坐下。啟介找來一條濡溼的手帕，給菊子敷在腫起的臉頰上，並且靜靜地聆聽菊子解釋徹夜不歸的原因。在那段時間裡，菊子的父親像頭熊似地在大廳不停繞著圈子。女兒幹出這種天大的事情，現在該怎麼處理，連父親也沒了頭緒。

「只要告訴我父母，妳昨晚很快就回來了，他們應該不會再追究。」

「可是……爲什麼？」菊子支支吾吾地問道。

剛剛那一巴掌，讓菊子的口中黏膜受了傷，一說話就會陣陣抽痛。但就算嘴裡沒受傷，菊子也沒有勇氣明確說出「我不愛你，所以沒辦法嫁給你」這種話。

「阿菊，我希望妳不要誤會。我跟妳訂婚，並非只是因爲我們互相瞭解。我是眞的很喜歡妳，所以才想娶妳。」

啟介的這幾句話感覺像在責備菊子，讓菊子忍不住垂下了頭。啟介從菊子手中接過手帕，拿到盛滿水的臉盆裡重新擰過，放回菊子的臉頰上。

「除了妳，我並不打算娶任何女人，當然也不希望我的父母逼我這麼做。畢竟戰場跟眞幌是兩個完全不同的世界，我也還在重新適應……」

啟介瞇起雙眼，那表情宛如正在聆聽遠方的炮火聲。

「阿菊，妳喜歡的那個人，打算跟妳結婚嗎？」

菊子想了一會，有氣無力地搖了搖頭。

「既然是這樣，我建議妳暫時待在我身邊。將來如果有一天，那個人願意娶妳了，妳可以跟他私奔，我不會阻止。」

啟介的寬容與平靜，反而讓菊子心生恐懼。

「啟介，那你呢？到時候你要怎麼辦？」菊子低聲問道。

「我如果有了其他想要娶的對象，就會再婚。」啟介說得毫無迷惘。

菊子的父親當然不同意啟介與菊子之間的約定，但最後他只能選擇保持沉默。一旦啟介解除婚約，菊子的壞名聲馬上就會傳揚開來。女兒已經二十八歲了，要是還留下這樣的汙點，未來多半沒辦法找到像樣的結婚對象。與其淪落到那個地步，不如先讓女兒嫁給啟介，未來女兒或許會跟那個外地來的痞子切斷關係……菊子的父親心裡多半打著這樣的算盤。

「眞是個怪人。」行天得知啟介並不打算與菊子解除婚約後，說出了這樣的感想。

「阿菊，看來他是眞的很喜歡妳。」

「是嗎？或許他只是自尊心作祟，不允許我悔婚。」

「我不這麼認爲。」行天將一口煙霧吐向長屋的天花板。「如果是自尊心作祟，他不會說『妳可以跟他私奔』這種話。」

「跟我私奔吧。」

菊子依偎在行天的肚子上，以甜膩的聲音說道。

行天只是笑了笑，一句話也沒有說。

「奶奶，這條件未免對妳太有利了吧？」

行天露出一副難以接受的表情。

「有利個屁。」曾根田老奶奶反駁道：「男人這種動物，只有一個人的時候才會安分，只要兩個以上聚在一起，就會開始打壞主意了。他們這個決定，說到底對我有什麼好處？」

多田心想「話也不能這麼說」，拿出剩下的麥茶讓老奶奶喝了。

「女人難道不是嗎？」

「女人就算只有一個人，也會打壞主意。」

老奶奶舔了舔被麥茶沾溼的嘴唇，露出神祕兮兮的微笑。「兩個以上的女人聚在一起，反而會互相牽制。表面上裝得賢淑善良，背地裡勾心鬥角。」

多田心想「話也不能這麼說」，行天卻頻頻點頭，嘴裡直唸著「有道理、有道理」。

「你是在『有道理』哪一點？」多田問。

老奶奶代替行天回答：「你只要比較一下『兩男一女』的三角關係，跟『兩女一男』的三角關係，就能明白我的意思。前者的關係很快就會結束，一來女人會以最快的速度判斷出選擇哪個男人對自己比較有利，二來兩個男人會互相使眼色，其中一方會在合適的時機點抽身離開。而且離開的男人會告訴自己『我是自願退讓』，所以自尊心不會受損。」

行天再度點頭如搗蒜。多田懷疑這傢伙根本只是裝裝樣子。

「但如果是後者，通常三角關係會拖很久。落單的男人根本沒有決定事情的能力，偏偏兩個女人碰在一起絕對無法達成共識。所以這兩個女人會一直進行水面下的激烈戰爭，直到其中一方完全擄獲男人的心，或是其中一方徹底投降爲止。」

「有道理、有道理。」行天再度說得煞有其事。「在妳的故事裡，兩個男人是以最快的速度和平解決了眼前的難題？」

「可以這麼說。」

曾根田老奶奶仰靠著輪椅的椅背，吁了一口長氣，讓人分不清楚那是絕望的嘆息，還是欣慰的讚嘆。

有好一段日子，菊子並沒有察覺兩個男人建立起了深厚的友誼。

菊子表面上以「未婚妻」的立場對待啟介，外人也都對此深信不疑，但實際上兩人的關係依然維持在「青梅竹馬」的狀態。另一方面，菊子與行天經常在沒有人看見的地方偷偷幽會。「這種蝙蝠生活，妳到底想過到什麼時候？」菊子的父親常這麼責罵菊子。「蝙蝠生活」是父親對這種生活模式的蔑稱。除了三個當事人之外，只有菊子的父親知道這祕密的三角關係。

不管是對行天，還是對啟介，菊子從來不在其中一人面前提起另一人的事。菊子不希望傷害任何一方。直到入冬之後的某天，菊子才驚覺自己的這份溫柔體貼根本沒有任何意義。

在戰後重建風潮的推波助瀾下，眞幌的市場也邁入快速擴張與改頭換面的時期。商店街的拱頂被拆掉了，原本臨時搭建的簡陋店面一棟接著一棟被改建。往往一覺醒來，就會發現某一間店面有如脫胎換骨，呈現全新面貌。從初秋起直至入冬，幾乎都處於這樣的狀態。

越來越多店家以嶄新面貌示人，市場的氣氛變得比以前更加熱絡。木材的需求量暴增，曾根田建材行老闆每天都忙得不可開交。一車又一車大量木材，甚至不曾先擺在建材行門口，直接就被送進了市場內的施工現場。就連置身事外的菊子，也經常目擊啟介在工地揮汗指揮工人搬運木材。

但市場生意興隆，也引來一些覬覦市場利益的宵小之輩，業者之間的不尋常舉動與日俱增。眞幌從戰前就是黑道幫派岡山組的地盤，但過去向來在橫濱一帶活動的高橋組見有利可圖，也將勢力延伸過來，想要分一杯羹。兩派人馬經常在市場爆發小規模衝突。

所有店鋪都完成改建後，接下來的工程就只剩下重新裝設拱頂。這最大的工程，最後會由岡山組的建設公司包下，還是被高橋組的建設公司搶走？全眞幌居民都抱著好奇心與興奮，觀望著岡山組與高橋組的鬥爭。

有一天，菊子到市場買菜，竟看見行天與啟介站在一起閒聊，似乎頗有交情。兩人各自將雙手交叉在胸前，行天穿著深褐色的和服便裝，外頭披著岡山組的黑色法被[18]。啟介則穿著黑市裡流通的美軍夾克及卡其色工作褲，小腿裹著鞋套，腳上穿著硬底襪。

菊子不禁看得入迷。眞是帥氣的兩個好男人。問題是自己盡量不讓兩人互相意識到對方的用心良苦，到底所爲何來？爲什麼男人總是可以一下子就變成哥兒們，完全把女人晾在一邊？

「你們兩個……」菊子走上前去。

行天與啟介回過頭來，臉上的笑容絲毫沒有尷尬之色。

「阿菊，妳來買菜？」行天問。

「妳看那根梁，很氣派吧？那是我家賣的。」啟介說。

一問之下，原來啟介將大量高品質的木材便宜賣給行天。行天靠著這批木材，在黑社會裡迅速累積實力。

在菊子看來，行天與啟介似乎是透過工作及菊子的關係，建立起了奇妙的友情。

菊子、行天與啟介三人共處的時間越來越長了。三人有時會一同坐在阿波羅咖啡廳，一邊喝咖啡，一邊平心靜氣地聊些閒話。行天還是經常拿餅乾餵錦鯉，遭老闆責罵。由於行天與啟介時常待在市場的施工現場，菊子有時會送便當去給他們。兩人都有孩子氣的一面，有時會低聲爭吵誰的便當裡的煎魚比較大塊，菊子見了也只能搖頭苦笑。

菊子與行天走在一起時，偶爾會偷偷牽手。菊子並非有意冒險，但就是情不自禁。啟介見了不僅不會抗議，還會假裝若無其事地幫兩人阻擋，不讓其他路人看見。

啟介不斷向行天提供木材資源。或許是因為這個緣故，拱頂工程最後發包給了岡山組所掌控的建商。高橋組拿不到好處，只好黯然撤退，從此不再過問眞幌的事。

到了春天，拱頂完工，整座市場有如脫胎換骨，以全新面貌呈現在居民們面前。

「簡直像在作夢。」啟介仰頭看著拱頂，嘴裡喃喃說道。

柔和日光照耀下，那拱頂沒有一絲陰霾。行天輕拍啟介的肩頭，那態度既像是在慰勞，又像是在安撫。

這兩個人都曾經歷過與死亡為伍的日子。菊子看著行天與啟介，不禁如此想著。他們曾經不敢奢望能活著回到故鄉，不敢奢望能重新擁有在這種熠熠發亮的市場內購物的生活。

18「法被」是一種直筒袖的短掛和服，穿著者大多是工匠之類的技術人員，此外也是祭典上常見的服裝。

當初啟介剛回到故鄉的時候，菊子也曾感覺那是一場夢，一場惡夢。

但如今菊子聽見啟介面對市場的呢喃自語，內心不由得爲當初的自己感到慚愧。我眞是什麼都不懂。當童年玩伴說自己「適應不過來」時，我甚至不曾設身處地爲他著想。

啟介與行天會成爲好朋友，或許正是因爲他們共同擁有在戰場上見證大量死屍的記憶，以及在戰場上的所作所爲的記憶。那是菊子永遠無法踏入，永遠無法與他們共享的祕境。

新生的市場安全無虞，放眼所見盡是光鮮亮麗的建築，店鋪內商品琳瑯滿目。若有外地人來市場鬧事，岡山組會立刻派年輕小弟上前驅趕。爲了帶給購物的客人最大的方便，巷道裡甚至還設置了公共廁所。自從擁有這座市場，居民們皆深刻感受到戰爭眞的結束了，和平、幸福的日子終於來臨。

「多虧了曾根田建材行老闆的兒子，我現在在岡山組混得不錯。」

行天在長屋裡抽著菸說道。長屋後方的陰暗溪流不斷傳來帶有一絲暖意的潮溼氣味。

菊子扣起上衣鈕釦，凝視著行天的側臉。行天本就是個漂泊不定的浪子，菊子經常惴惴不安，擔心行天不知何時會離開眞幌。

「這麼說來，你會一直待在眞幌？」

「我也不知道。」

行天見菊子一臉泫然欲泣的表情，趕緊補上一句：「暫時應該不會離開吧。」

菊子在榻榻米上蹭到行天身邊，將下巴倚靠在行天的肩上。

「你們的關係眞是奇怪。」

「我跟誰？」

「你跟啟介。我實在不懂，爲什麼啟介一點也不嫉妒？」

「妳希望他嫉妒？妳這女人眞是壞心眼。」

「那倒不是。」

「他是個好人。」

行天將菸拿到菸灰缸捻熄，輕撫菊子的秀髮。「明明吃過很多苦，整個人卻散發著陽光的氣息，就跟妳身上的氣息一模一樣。他提供木材給我，是爲了幫妳留住我。」

即使如此，你還是不願承諾永遠待在這裡？不管我跟啟介再怎麼努力也無法將你留下？

菊子忽然悲從中來，緊緊抱住行天。

「我在你身上，聞到的是香菸的氣息。」

「離我遠點，可別沾上了我的味道。」行天淡淡一笑，解開菊子環抱著自己的手。

「夜深了，我送妳回去吧。」

夕陽讓櫸樹在地上拉出了長長的影子。

「奶奶，我懷疑妳在故意美化自己。」行天不滿地哼了一聲。

「你這失禮的小子，我本來就是個好女人，根本不需要美化。」

「被兩個男人捧在掌心，應該讓妳飄飄欲仙吧？」

老奶奶聽了行天這語帶調侃的問題，只是用力眨了眨眼睛，顯得有些疲累。

「那你就錯了，完全不是你想的那樣。」

但她馬上就恢復了強硬的口氣。「我不是想要辯解什麼，只是想讓你知道，啟介沒有你想的那麼清純。行天介紹了不少女孩子給他，他一天到晚跟那些女孩子搞七捻三。行天靠著啟介的幫忙，在那一帶也很吃得開。」

「噢？那妳呢？」

「那段日子，我每天過得心煩意亂。跟行天的關係毫無進展，又不能向啟介哭訴。我甚至考慮過，乾脆去找其他男人算了。」

老奶奶說得氣急敗壞。雖然已過了半個世紀以上，她的滿腔怒火似乎並沒有熄滅。一旁的多田忍不住噴笑出來。

「現實生活畢竟不可能像電影那麼浪漫。」

「沒錯。」老奶奶長嘆一聲。

「如今回想起來，或許打從啟介歸來的那一天，我的羅曼史就落幕了。就在我跑進市場，央求行天『帶我走』的那個瞬間。」

「但不算太差，是嗎？」多田淡淡地問道。

老奶奶「嗯」了一聲。

「不算太差。不管是我的羅曼史，還是羅曼史結束後的人生，都不算太差。很多人活了一輩子，都不知道那種心情，我很慶幸自己有那樣的經驗。」

老奶奶將乾癟得有如皮包骨的手指互相交握，做出宛如祈禱的動作。

這段不尋常的三角戀，只維持一年就結束了。

「我膩了。」行天的這句話，打碎了菊子的美夢。

菊子所感受到的衝擊，就像是屹立不搖的耶利哥城牆在眼前坍塌了。菊子大哭大鬧，喊著「不要拋棄我」。

菊子哭哭啼啼的時候，行天什麼也沒做，就只是躺在乾癟的床墊上，若無其事地看著長屋的天花板。

「以後你叫我何去何從？」

菊子趴在地上嚎啕大哭，行天冷冷地說：「妳應該嫁給曾根田建材行老闆的兒子。」

「我做不到！我不要！」

「不要因爲跟我睡過，就有那種固執的想法。《一夜風流》的劇情，妳也很清楚。女人應該嫁給溫柔體貼的男人才能過得幸福，而不是一時意亂情迷的對象。」

行天將菊子強行帶回眞幌戲院。夜晚的市場裡，每間店鋪都已關上木板門，宛如一片死寂的世界，與白天的氣氛有著天壤之別。菊子淚流滿面，被行天硬生生拖過了當初與他第一次邂逅的那條道路。

眞幌戲院的當天場次都已結束，父親正在大廳裡準備關門休息，忽然看見菊子哭喪著臉走了進來，一時慌了手腳。

「發生什麼事了？是不是那個痞子欺負妳？」

父親說完就要衝出門去，菊子拚命拉住父親。我沒有被行天欺負。沒錯，他沒有欺負我，只是把我給甩了。菊子想到這裡，不禁又開始自哀自憐。父親遲疑了好一會，最後只是默默將手放在菊子的肩膀上。

此時菊子察覺行天還站在玻璃門外的馬路對面。在那一片漆黑的空間裡，隱隱閃爍著行天叼在嘴邊的香菸尾端的紅色星火。直到確定父親接納了菊子之後，那紅色星火才緩緩橫越玻璃門，完全消失在菊子的視線彼端。

那一晚之後，行天就從眞幌消失了。

啟介代替菊子到長屋去找過行天，但行天原本住的房間，已經被一個最近搬來眞幌的娼妓占據了。

菊子第一次嚐到失戀的滋味，在床上躺了整整一個星期。失去了摯友的啟介，則是在菊子的枕邊，默默地坐了一個星期。對菊子及啟介來說，消失的行天成了新的耶利哥城牆。但菊子與啟介都隱約能夠預期，這道名爲行天的耶利哥城牆遲早會崩塌。兩人將開始新的生活，彷彿那道城牆打從一開始就不存在。

過了許久之後，菊子才得知一件事。行天在消失前，與岡山組徹底決裂，全岡山組的人都想找他算帳。

那晚，假如菊子對行天提出「帶我走」的要求，或許行天會答應。但也或許正因爲如此，行天才會急著與菊子分手，留下菊子獨自離開。因爲行天想讓菊子生活在這個散發著陽光氣息的地方。這個讓行天憧憬不已，卻終究無法久待的地方。

菊子多麼希望這就是事實的眞相。因此菊子嘗試這麼說服自己。

在菊子心中，行天最後的身影，是佇立在黑暗中默默看著眞幌戲院，默默看著菊子。菊子依稀看見，行天的臉上帶著微笑，那是一種遇見幸福的微笑。

菊子深信自己並沒有看錯。

曾根田老奶奶終於同意回到病房，多田與行天完成今天的工作，回到發財車上。

道路相當空，幾乎沒什麼車子。「累死了。」多田以單手抓著方向盤，另一手點燃一根LUCKY STRIKE牌香菸。

「這種代替兒子探望母親的工作，我看以後還是別接了吧？」

或許因爲太累，行天整個人癱倒在副駕駛座上。那姿勢讓人懷疑安全帶根本無法發揮作用。「明明是中元節連假，我們卻得超時工作。」

「正因爲是中元節連假，客人認爲不去探望母親實在說不過去。」

「既然覺得說不過去，那就應該自己去。」

行天這句話說得一針見血，可惜曾根田老奶奶的兒子一家人，正在沖繩享受著快樂的夏日時光。

曾根田老奶奶談過一次轟轟烈烈的戀愛，嫁給了青梅竹馬的未婚夫，不僅生了兒子，兒子又生了孫子。不知她對現在的人生際遇有著什麼樣的評價？多田無法判斷這樣的人生到底是幸福還是不幸。

老奶奶腦袋裡的迴路經常短路，所以就算下次當面問她，恐怕也得不到明確的答案。老奶奶所說的那個故事，就像一場只有多田及行天看見的煙火秀，靜靜消失在黑暗的虛空之中。又好似一部電影。在那伸手不見五指的漆黑空間中有著每秒閃動二十四次的光芒。光芒轉化爲溫度，溫度轉化爲情節，情節在記憶的銀幕上呈現出影像。

「你就別抱怨了，蓋博行天。」多田將車窗打開一道縫隙，讓香菸的煙霧散出窗外。「今天你成了活躍在銀幕上的大明星，這可是難得的機會。」

「我的片酬在哪？」行天這麼問。

多田於是將LUCKY STRIKE的菸盒放在他的肚子上。

來自副駕駛座的白色煙霧，飄到了多田眼前，讓眞幌的夜晚燈火變得朦朦朧朧。

或許將來有一天，眼前的這個景色也會變成記憶的一部分。有如在黑暗中閃爍的光芒，有如在夜空中綻放的煙火。

曾根田老奶奶將那光芒所組成的訊息傳遞給了多田與行天，而非兒子或孫子，這是多麼奇妙的一件事。老奶奶託付寶貴記憶的對象，不僅與她毫無血緣關係，當然也與那昔日的戀情毫無瓜葛。

女人必須挑選真正溫柔體貼的男人，才能獲得幸福。

如果這就是曾根田老奶奶選上自己的理由，那確實是件令人開心的事。

「今天我們兩個都是《一夜風流》裡的克拉克．蓋博。」多田說。

「是嗎？我可沒有你這種自信。」行天吐出一縷白煙。

「畢竟我們的下巴，並沒有裂成兩半。」

岡太太的觀察

岡太太最近有三件煩心事。

看著庭院裡的山茶花，岡太太陷入了沉思。

這株山茶花最近不太健康。葉片失去了光澤，顏色越來越接近茶褐色。但是看起來並不像有害蟲，而且前陣子一直在下雨，水分應該相當充足才對。難道是肥料加得不夠多嗎？

在這秋高氣爽的日子，岡太太以指尖輕輕撫摸葉片，嘆了一口長氣。

當年為了紀念自己嫁進山城町的岡家，婆婆親自種下這株山茶花的幼苗。如今過了半個世紀以上，當年的小幼苗已長成一株高大氣派的山茶樹。

「妳覺得種什麼好？」「我喜歡山茶花。」婆婆與自己的對話，彷彿是昨天才發生的事情。

「山茶花容易長蟲，而且花朵凋謝時的模樣，看起來挺不吉利。」

婆婆雖然如此抱怨，還是尊重媳婦的意思，設法弄來一株會開出鮮紅色花朵的山茶花花苗。

當時的眞幌，放眼望去全是水田及旱田，遠方的山巒翠綠。

岡太太出身於八王子的務農家庭，當年她坐著運薪柴的卡車，嫁進岡家這個眞幌的豪富農家。不巧那一天發生了嚴重的雷擊，導致國鐵八王子線停駛。在當時那個年代，還有做絲綢生意的行商，往來於八王子與橫濱之間，途中會經過眞幌。正是同一個村子的行商老人，將岡家這門親事介紹給了岡太太。出嫁那天，岡太太就是坐著這個行商老人的薪柴卡車來到岡家。

從八王子到眞幌的道路顛簸崎嶇，當分乘數輛卡車的親戚們終於抵達岡家時，所有人的臀部都已嚴重瘀青。初次見面的丈夫在新房爲岡太太做的第一件事，是用濡溼的手帕冷敷臀部。

「喂！」

屋子裡傳來丈夫的呼喚聲，岡太太放開山茶花的葉子。

「什麼事？」

丈夫什麼也沒說明，只說：「妳來一下。」

年輕時的丈夫，比現在溫柔體貼得多。岡太太嘆了口氣，搖搖頭，從露天邊廊走進起居室。上年紀眞是一件可怕的事情。最近這幾年，丈夫的性情變得越來越孤僻。

這就是岡太太的第二件煩心事。

丈夫喚來岡太太的理由，果然正如同岡太太的預料。

「橫中公車今天又沒按時刻表發車了！」丈夫氣呼呼地說。

「哦，眞的嗎？」岡太太在矮桌旁坐下，隨口應了一聲。

爲什麼丈夫會對橫中公車如此癡迷？岡太太實在百思不得其解。沒錯，丈夫的行爲只能用「癡迷」二字來形容。他對公車運行狀況的關心程度，讓人不禁懷疑他是不是愛上了橫濱中央交通公司。

難道這是一種失智的症狀？岡太太將不安與疑慮藏在心裡，若無其事地觀察著丈夫的一舉一動。丈夫將眞幌市民醫院所開的藥粉倒進嘴裡，然後端起岡太太爲他吹涼了的煎茶，將藥粉灌進胃袋中。

岡家所擁有的旱田及水田，全都在丈夫這一代變成了樓房及公寓。

丈夫似乎是個相當懂得觀察時代趨勢的人，昔日趁著眞幌市郊區的住宅開發浪潮，完成了這項壯舉。多虧丈夫的決策，這幾十年來，岡家光靠房租收入就不愁吃穿。當然如果公公、婆婆還活著，肯定會搖頭嘆氣。岡太太倒是樂見其成，畢竟管理公寓比務農要輕鬆得多，利潤也比較高。

然而生活過得太悠閒恐怕也不是件好事。岡太太見丈夫一吃完藥，就懶洋洋地躺著看電視，心中不禁百感交集。如今孩子們都已成年，離家獨立生活。丈夫在日常生活中唯一要做的，就只剩下定期到市民醫院拿藥。而且所謂的藥，不過就是一些維生素。橫中公車是丈夫前往醫院的交通工具，他會如此在意公車的發車時間，倒也不難理解。

「橫中公車又偷偷減班，這次我一定要抓住他們的狐狸尾巴！」丈夫背對著岡太太逕自宣布：「明天我會把便利屋叫來。」

「老公，你又要把他找來？」

岡太太忍不住抗議道。

眞幌站前的多田便利軒，是丈夫這幾年非常喜歡雇用的便利屋。那個多田確實工作認眞負責，諸如打掃庭院、整理倉庫之類同時需要具備細心與體力的工作，他都能不辭辛勞地做到盡善盡美。對於如今只剩一對老夫婦的岡家來說，多田是生活中重要的好幫手。

但是丈夫兩個星期前才委託過工作，而且每次委託的工作內容都一樣：「一邊打掃庭院，一邊監視橫中公車的運行狀況。」

多田每次接下工作，就得一整天盯著公車時刻表和岡家門口的公車站牌，岡太太實在覺得他很可憐。

「我可是付錢請他做事，他高興都來不及，絕對不會抱怨的。」

「話是這麼說沒錯……」

「怎麼，難道我們的錢不夠用了？有人沒交房租嗎？」

「你放心，房客們都按時繳交房租，我的意思不是沒有錢。」

岡太太轉身面對丈夫的背部，接著說道：「我想說的是，很少有人能夠只爲了錢，像那樣一直工作個不停。」

「眞的嗎？」丈夫回答得心不在焉。

電視上正在播出午間時段的生活資訊節目。「多酚的含量是正常情況的八倍！」、「眞的假的啦！」類似這樣的對話不斷從電視裡傳出來。

眞的！當然是眞的！岡太太很想一邊搖晃丈夫的背，一邊強調這件事。雖然岡太太一輩子不會在社會上工作過，但完全能夠想像工作者的心情。讓一個人願意持續做相同工作的要素，還包含了惰性、依戀、人際關係及成就感。否則的話，自己爲什麼會願意每天辛苦煮飯、打掃、洗衣服？自己做這些事，沒有拿一毛錢，甚至不認爲這是工作。

我努力盡本分，是爲了想和你一起生活下去。我做的每件事都是希望你能過得更好。

你呢？你做了什麼？最近這十年，你爲我做了什麼？

岡太太想如此質問丈夫，丈夫卻忙著從一疊宣傳單中抽出一張，翻到空白的背面，寫下「離婚能夠治痛風」之類莫名其妙的文字。不是「離婚」，是「杏鮑菇」[19]。岡太太在心中訂正道。丈夫在某些地方特別小氣，說要將背面還能當便條紙用的夾報廣告蒐集起來。你知道嗎？你現在用的便條紙，也是我辛辛苦苦整理好的。

岡太太壓抑心中的激昂情緒，只是淡淡地說：「如果眞的要雇用便利屋，至少也委託一些有成就感的工作吧。」

「那不是正好嗎？蒐集公車司機偷懶的證據，正是最有成就感的工作。」丈夫說。

此話一出，岡太太驚覺自己與丈夫已無法溝通。同時，丈夫對告發橫中公車的執著，已經到了狂熱的程度。

他原本不是這樣的人……

是因爲衰老的關係嗎？抑或，這才是丈夫的本性？岡太太再次深深感受到丈夫日益嚴重的頑固與偏激，心頭的煩惱變得更加沉重了。

隔天，經營便利屋的多田眞的被丈夫叫來了。多田一如往昔，聽了丈夫交代的苦差事，臉頰微微抽搐。但他表面上還是客客氣氣，一大清早就開始打掃庭院，同時監視公車站牌。岡太太在心中對他雙手合十，說了聲「眞的很抱歉」。明明還不到中午，丈夫已開始睡起午覺，連電視也沒關。

到了十點的休息時間，岡太太端出茶點，坐在露天邊廊上，與多田喝著茶閒聊。

雖然是休息時間，多田還是隨時注意著外頭的公車站牌，確認公車是否準時進站。要是被他看見丈夫在屋裡呼呼大睡，他一定會感到忿忿不平吧。所以岡太太在走出邊廊的時候，拉上了落地窗的蕾絲窗簾，不讓多田看見屋內。

打從去年起，多田的身邊多了一名助手。岡太太忘了自己是否曾向多田詢問那助手的名字，只記得多田在呼喚助手時，喊出的姓氏相當罕見，岡太太從來不曾聽清楚。

而且在岡太太的眼裡，助手的行爲舉止實在有點古怪。多田正專心打掃庭院，助手卻專心地把撿來的橡實一顆顆排列在庭院的石頭上。有時助手還會拿裝滿落葉的垃圾袋當枕頭，躺在庭院一角仰望天空。任何人看了助手的做事態度，都會懷疑多田才是助手。

偷偷觀察多田工作的模樣是岡太太的小小興趣之一。岡太太曾捫心自問，確認對多田並沒有任何奇妙的感情，就只是喜歡看著多田工作的樣子，也不知道爲什麼。

正因爲岡太太有這樣的興趣，才能察覺到那細微的變化。兩個星期前岡太太就發現了。多田與助手的互動變得有些古怪，幾乎不交談，甚至還會故意避開對方的視線。

19　丈夫將「杏鮑菇」（エリンギ）誤讀成了「離婚」（エンギリ）。

「你們吵架了？」岡太太對坐在邊廊上的多田問道。

「沒有。」多田愣了一下才回答。

岡太太並沒有明說「誰跟誰吵架」，多田也沒有問就直接否認，可見真的是吵架了。看來心頭的第三件煩心事依然懸在那裡，沒有消失。岡太太的心情更增添了幾分煩憂。多田跟他的助手冷戰了兩個星期還沒和好，可見問題一定相當嚴重。

至於多田便利軒的那個助手，現在在做什麼呢？他拿著岡太太給的饅頭糕點，蹲在庭院中央，以蜷曲的背影對著多田，就是不肯與多田對上眼。

若是從前的他，只要一看見岡太太出現，就會立刻湊到邊廊來。

「多田，休息了！」他還會這麼呼喚多田，不等岡太太開口，就將手伸向岡太太準備的茶、糕點或是午餐。

但是今天的他卻二話不說抓起饅頭，迅速遠離邊廊，簡直像是偷魚吃的貓。彷彿是以全身的動作在訴說「我不想跟多田說話」。多田似乎也不打算勸助手回到邊廊好好坐著吃東西。一個人毫無理由地蹲在別人家的庭院吃東西，不僅失禮而且讓人心裡發毛，然而多田卻似乎打算當作沒看見。

兩個年紀一大把的男人，到底在鬧什麼脾氣？

「你們快和好吧。」岡太太當起了和事佬。

多田似乎有些不知如何是好，什麼話也沒說，只是默默微笑。

丈夫吃完午飯，開始研究擺在和室裡的那臺卡拉ＯＫ伴唱機。每年大概三次，他會想起那臺沾滿灰塵的黑色機器。

爲什麼非得挑在今天？

岡太太一邊洗碗，一邊搖頭嘆息。丈夫所唱的〈知床旅情〉響遍了整棟屋子，想必在庭院也能聽見吧。多田一定會知道，丈夫丟了一個毫無建設性的工作給他，自己卻在屋子裡虛度光陰，什麼正事也不做。

洗完碗之後，岡太太走回起居室，將窗簾拉開一道縫隙，朝庭院窺望了一眼。多田與助手似乎正在吵架，你一言我一語地說個不停，彷彿沒聽見丈夫那荒腔走板的歌聲。

岡太太趕緊繞到玄關大門處，將門拉開一點點，凝神細聽兩人的爭吵內容。

「我只問一句話，爲什麼你把我的威士忌喝了？那可是我向哥倫比亞人要來的威士忌！」

便利屋的發財車停在院子裡，助手大搖大擺地站在車斗上，面對公車站牌的方向。他似乎負責確認公車的運行狀況。多田則蹲在旁邊的花壇處，正在拔野草。那雙戴著工作手套的手掌看起來特別巨大，動作卻相當靈活。由於兩個星期前，丈夫才委託他們進行過大規模的庭院整理，今天基本上沒什麼事可以做。

「爲什麼你突然在意起那種雞毛蒜皮的小事？」

「那不是雞毛蒜皮，是十二年的威士忌。」

「那麼想喝，你就自己存錢買呀。何況吃的喝的抽的，我們不是平常就分來分去嗎？你常拿我的，也常把你自己的丟給我，不是嗎？這你要怎麼解釋？」

「那是因爲我發揮了博愛精神，沒什麼好解釋。」

「你這叫散漫，跟博愛精神沒關係。」

多田轉頭望向發財車的車斗，語氣加重了三分：「行天，其實你在意的根本不是威士忌，對吧？你到底想說什麼，老實說出來吧。」

「我想尿尿。」

助手說得毫不遮掩，拿著一個空寶特瓶跳下車斗，走向庭院深處。多田獨留在原地，看起來相當煩躁，拔草的速度又加快了幾分。

岡太太輕輕關上拉門，回到起居室。丈夫剛唱完一首〈襟裳岬〉，正要開始唱〈津輕海峽冬景色〉。歌曲的地名從北海道逐步南下。

小茶壺內的煎茶茶包一直沒拿出來，岡太太將小茶壺拿到熱水瓶底下，按了頂端的出水鈕兩、三下，等到熱水轉變爲煎茶的顏色，才倒進自己的茶杯裡。

從剛剛的對話，岡太太得知了三件事。

第一，那個助手好像姓「行天」。第二，從前這附近好像有戶人家也姓「行天」。第三，多田的表情變得比以前豐富得多。

岡太太啜了一口幾乎毫無香氣的熱茶。

當年岡家第一次委託多田便利軒打掃庭院，完全是出於機緣巧合。那時多田剛創業沒多久，在真幌站前發宣傳單。岡太太剛好出門買菜，隨手拿了一張。

「不論任何雜事，都可以由我代勞。」

多田一邊說，一邊將宣傳單遞過來。所謂的宣傳單，只是一張簡陋的影印紙，上頭有著手寫的聯絡方式。

岡太太過去就曾聽說過「便利屋」這種服務型態，但從來不曾實際接觸過。當時岡太太正煩惱不知該如何處理滿地落葉的自家庭院，在猶疑之間停下了腳步。

「打掃庭院也能請你幫忙嗎？」

「當然。」回答的聲音既低沉又乾澀。

岡太太抬頭仰望那個自稱經營便利屋的男人，不由得愣住了。那男人看起來是個性情溫和的人，卻有著困頓疲憊的雙眸。

那對眼睛，讓岡太太聯想到雪花的結晶。彷彿人生的一切都已被凍結，就連絕望也不例外。接下來唯一能做的，就只是靜靜等待碎裂成粉末的那一瞬間。雖然男人有著粗獷的外表，但岡太太相信這個人心中肯定有著由無數的線和角所編織成的細膩圖紋。

「那就麻煩你了。」岡太太下定決心。

倘若便利屋經營得不順利，這個男人該何去何從？這樣的疑問，是岡太太決定委託工作的主因。不過這並不是說岡太太在憐憫或同情他。事實上不管是岡太太的丈夫、兒子、父親或是其他男性親戚，都有著開朗直爽的性格，因此岡太太對於懷抱著複雜陰影的男人相當感興趣，這才是岡太太委託工作的主要動機。

岡太太渴望獲得刺激。畢竟孩子們都已離家獨立生活，岡太太整天和丈夫待在家裡，就連交談的次數也寥寥可數，岡太太早已厭倦了這種生活。

當然這不是說岡太太希望和年紀比自己兒子還小的便利屋發展出什麼樣的關係。岡太太只是察覺自己雖然邁入了老年，但除了男性家人和親戚，一生中幾乎不曾與男性有過接觸。

丈夫見了手持打掃工具登門拜訪的多田，似乎也相當中意。不過這也是理所當然的事。畢竟多田是個做起事來老實又認眞的人，工作時很少說閒話。

就連岡太太主動攀談，多田也是惜字如金，很少多說什麼。岡太太花了不少時間，才問出多田曾經在公司裡負責業務工作。這麼沉默寡言，要怎麼當業務員？岡太太心中產生了這樣的疑問。但是看了多田那宛如著了魔一般的工作態度後，岡太太自己找到了答案。想必正是這全力以赴的工作態度，獲得了上司的賞識。

結識數年之後，多田在岡太太面前才慢慢變得健談，閒聊時臉上開始出現一點笑容。但岡太太依舊連多田是否已經結婚都不曉得。

這片雪花的結晶，恐怕永遠沒有消融的一天。岡太太做出這個結論之後，決定不再過問多田的私生活。

「來吃點甜點吧。」岡太太朝庭院喊道。

多田規規矩矩地走到岡太太的右手邊，與岡太太保持適當的距離坐了下來。但他的助手依然站在發財車的車斗上，凝視公車站牌的方向。

「喂，行天。」多田喊了一聲，助手這才心不甘情不願地走了過來。

或許是多田告訴過他「別再蹲在院子裡吃東西」，他這次乖乖走向露天邊廊。

不過助手沒有坐在多田的旁邊，而是坐在岡太太的左手邊。岡太太被多田跟他的助手夾在中間，登時頗爲尷尬。但在這種情況下，如果自己立刻起身進屋，又顯得太過失禮。岡太太不知如何是好，簡直像被人施了定身術，坐在邊廊上動彈不得。多田見他竟跑到岡太太的左手邊，也顯得有些不高興，但沒有立刻發作。

那助手絲毫不介意岡太太與多田的沉默，自顧自地吃起了抹茶羊羹。岡太太想要找個話題給多田跟助手，於是說道：「對了，我那株山茶花，好像有點不太健康。你們等等能不能給它澆澆水，再施些肥料？肥料就在倉庫裡。」

不知道爲什麼，多田忽然露出古怪的表情，簡直就像他手裡的羊羹變成了一整塊岩鹽。但他沒多說什麼，只是應了一聲「好」。反而是他的助手，一邊伸手來拿茶杯，一邊說：「那株山茶花，水分跟養分應該都很充足。」

「怎麼說……？」岡太太正想追問，多田忽然以壓低的嗓音喊了一聲：「行天！」

「幹什麼？」助手語帶不滿：「難道你想叫我跟你一樣，別用寶特瓶？」

「總之你不要開口說話。」

他們在說什麼？岡太太微感詫異，但還沒有搞清楚，多田跟遭到責罵的助手都不再說話，彷彿多說一個字都會惹上麻煩。

多田自從身邊多了這個助手之後，眞的變了很多。從前的多田絕對不會說這麼多話，甚至不會露出慌張或生氣的表情。

岡太太也喜歡從前那個沉默寡言、眼神中帶著一抹寂寥的多田。但是比較起來，還是現在的多田要好得多。至少岡太太從起居室看著多田在庭院裡工作時，多田不會露出拒人於千里之外的神情。岡太太並不清楚是什麼讓多田改變了，但此時多田的樣子讓岡太太感覺相當新鮮。

「你們兩個認識很久了嗎？」岡太太問道。

多田朝助手瞥了一眼，助手正忙著咀嚼第二塊羊羹，似乎完全不打算回答這個問題。

「我們是高中同學。」多田語帶無奈地說。

這麼說來，他們兩人都是眞幌高中的畢業生！岡太太趕緊將這個關於多田的新資訊，寫進心中的筆記本裡。多田從來不曾對岡太太提過自己就讀的高中，但因爲發生過某件事，岡太太已能大致掌握助手從前就讀的就是眞幌高中。

「妳畢業之後，曾經參加過同學會嗎？」助手突兀地問了一句。

岡太太起初並沒有察覺這個問題是在問自己。但助手直盯著岡太太，而多田則顯得相當尷尬，一副坐立難安的樣子。

「沒有。」岡太太說。

「如果有想見的同學，大可以私下約出來見面。許多同學已經幾十年沒見了，就算見了面，也不知道該說什麼才好。」

「沒錯，我也這麼覺得。」助手露出了笑容。

岡太太不禁有些驚訝，原來這個助手也能露出笑容可掬的表情。

或許是因爲看法相同，助手消除了戒心，接著又說：「剛剛的歌聲，眞是太可怕了。」

果然他們都聽見了，岡太太不禁感到有些無地自容。剛剛岡太太曾到和室去看了一眼，丈夫或許是唱歌唱得累了，再度呼呼大睡，發出巨大的鼾聲。岡太太還在丈夫的腹部蓋上一條小毯子。

多田或許是察覺岡太太不想多談自己丈夫的歌聲，趕緊站了起來。

「謝謝招待。」多田一說出這句話，助手也將最後一塊羊羹塞進嘴裡。

岡太太繼續坐在邊廊上，看著兩人重新開始工作，心想：「看來多田跟助手吵架的肇因，是高中同學會。」

電視上沒什麼有趣的節目，岡太太決定早點開始進行晚餐的備料。今晚的菜色是炸魚，岡太太將開了膛的竹筴魚片裹上粉。

多田第一次帶那個助手來時，岡太太就有種「好像曾在哪裡見過」的感覺。如今證明自己並非多心。

剛剛得知助手的姓氏後，岡太太回想起一件事。

大約十五年前，岡太太養了一條名叫「權太」的白色雜種犬。其實本來是丈夫說要養，不知從哪裡討來了一條雜種犬，那就是權太。但是權太來到這個家沒多久，丈夫就撒手不管了，全都丟給岡太太照顧。基本上丈夫是個三分鐘熱度的人，找橫中公車的麻煩大概是唯一的例外。

當時岡太太每天早上及傍晚都必須帶權太出去散步。權太是一隻只敢在家裡耍威風的狗，每次出門散步都會變得非常安分，完全不敢惹是生非。岡太太總是牽著權太，走在相同的散步路線上。

早上帶權太出門散步的時候，岡太太都會與一名少年擦身而過。少年總是穿著乾淨但毫無特色的便服。明明是要去學校，少年卻沒穿制服，可見他應該是允許學生穿便服上課的眞幌高中學生。少年總是將書包斜背在肩上，筆直看著正前方，走向岡家門口的那個公車站牌。

每當遇上那少年，岡太太總會以眼角餘光偷偷觀察。少年的面容稱不上帥氣，但還算清秀端正。然而岡太太忍不住觀察那少年的最大理由，是那少年的臉上從來不帶任何表情。

要是權太突然對他吠叫，該怎麼辦才好？他一定會把權太一腳踹開，甚至可能對我動粗……由於少年的神情不帶絲毫溫度，岡太太不禁對他有些恐懼，內心常想像一些可怕的狀況。那少年的眼珠有如黑暗的水面一般深邃，永遠映照著通往公車站牌的道路。

有時在傍晚，岡太太也會遇上從公車站牌走來的少年。少年走在回家的道路上，臉孔總是跟早上一樣不帶絲毫表情。他永遠抬頭挺胸地往前進，眼睛直視前方，沒有流露出半點學校生活的疲累或快樂。

某個梅雨季的傍晚，岡太太撐著一把藍色的雨傘，牽著權太，正匆匆趕回家。今天的天氣很糟糕，隨時可能打雷。權太非常討厭打雷，就算只是隱約聽見遠方傳來細微的雷鳴聲，也會陷入歇斯底里的狀態。爲了避免拉不住權太，岡太太將遛狗繩在手掌上繞了兩圈，沒想到這個決定竟讓自己吃足了苦頭。

驀然間一陣閃光，隔了數秒，天上傳來轟然巨響。權太嚇得跳了起來，將臉埋進路旁的草叢裡。岡太太由於緊抓著遛狗繩，被這麼一扯，整個人猛然摔倒在地。而且因爲另一手拿著雨傘，沒辦法伸手撐住地面，兩側的膝蓋及鼻尖都在柏油路面上擦過。

強烈的劇痛讓岡太太好一會爬不起來，只能維持著趴在地上的狼狽姿勢。無情的大雨打在岡太太的背上，瞬間浸溼了衣服。

驀然間，岡太太感覺有東西穿入自己的兩側腋下，接著自己的身體被一股強大的力量拉了起來。岡太太嚇得尖聲大叫，轉頭一看，那少年赫然站在自己眼前。少年沒有撐傘，從頭髮到鞋子都溼透了。

岡太太記得早上與少年擦肩而過時，少年明明撐著一把傘，現在怎麼會沒有傘可以撐？岡太太目不轉睛地看著少年的臉，甚至忘了自己正在流血。難道他的傘在學校被偷走了嗎？

少年凝視著岡太太，雙眸依然如此灰暗而空洞。岡太太這時才察覺自己正在流鼻血，趕緊從口袋掏出手帕，抹去臉上的鮮血。

「謝……謝謝。」岡太太向少年道謝，沒想到少年竟突然彎下了腰。明明是他救了我，爲什麼他反而向我鞠躬？岡太太登時被搞糊塗了。當然少年彎腰的唯一理由，只是想把岡太太掉在路旁的雨傘撿起來。但因爲動作非常不自然，簡直像機器人一樣，岡太太一時沒搞懂他在做什麼。

少年將雨傘交到岡太太手上，依然不發一語。他踏著與過去完全相同的步伐，離開了現場。

隔天早上，岡太太又遇上了那個少年。岡太太想要向少年再次道謝，但少年的雙眼直視前方，彷彿沒看見身旁那個膝蓋包著繃帶、鼻子上貼著ＯＫ繃的岡太太。

少年的一舉一動，就像個機器人，而且是每天早上都會將昨天的記憶刪除的機器人。不，或許應該形容成根本無法輸入記憶及感情的機器人。

整整三年，岡太太幾乎每天都會見到這名少年，但兩人不曾有過任何交談。

在這個孩子心中，到底什麼是喜、什麼是悲？岡太太經常想這樣的問題。或者應該問，這個孩子的心，是否能感受得到喜怒哀樂？

他是哪一戶人家的孩子？從小過著什麼樣的生活？在學校交了什麼樣的朋友？岡太太試著發揮想像力，卻怎麼也想像不出來。每當想起那少年的臉孔，浮現在岡太太心頭的只有宛如荒野一般的空白。

在今天之前，岡太太完全沒有意識到便利屋的助手就是長大後的少年。因爲那個助手給岡太太的印象，與當年那少年截然不同。

那助手會笑，會吃東西，會表達感情。

回想起來，那棟掛著「行天」姓氏牌的屋子，在前年的年底拆掉了姓氏牌。那戶人家很少與街坊鄰居往來，岡太太只知道裡頭住著一對中高齡夫婦。那是一棟老舊的透天厝，但是相當大，稱之爲「宅邸」也不爲過。然而每一扇窗戶都掛著厚重的窗簾，而且大部分時候窗簾都是拉上的。

岡太太將裹上粉的竹筴魚放回冰箱，將手清洗乾淨。

根據目前已知的線索，可以推測出三個結論。岡太太在心中扳著手指：第一，便利屋雖然和助手吵架，但似乎沒對他們的工作造成太大的影響。第二，助手的父母似乎已不住在眞幌，但助手並沒有跟著搬走。第三，比起少年時期，那助手現在看起來似乎幸福得多。

眞是太好了。

當年那個孩子歷經了漫長的煎熬，如今終於獲得了幸福。

故事還是應該要有一個好結局。雖然岡太太很淸楚，好結局在現實世界中並不多見。岡太太也明白，沒有任何證據表明，那助手已經從煎熬中獲得解脫。

日落的時間越來越早。傍晚的空氣之中，已完全感受不到夏季的氣息。岡太太走進庭院，想要收起晾乾的床單及衣物。

在發財車的車斗上監視公車站牌的人，換成了多田。他似乎已經把整個庭院都打掃完了，臉上帶著一副無事可做的表情。庭院變得乾淨又整齊。

他那個助手跑到哪裡去了？岡太太一邊左顧右盼，一邊將床單從晾衣竿上取下。一整面的布一拿掉，前方不再有遮蔽物，那助手竟然就在自己眼前。抱著床單的岡太太沒有料到助手離自己這麼近，嚇得尖聲大叫。

「我幫妳拿？」助手說道。

岡太太搖了搖頭，心臟狂跳不已。仔細一瞧，助手的右手兩根手指正捏著一個蓋上瓶蓋的寶特瓶。上頭的品名被遮住了，看不出是什麼飲料，但裡頭的液體似乎並不是茶。

「我都是乖乖撒在這裡頭。」助手一邊說，一邊搖晃那寶特瓶。

接著他從牛仔褲的口袋取出扁掉的香菸盒，抽出一根叼在嘴邊，拿出打火機點火。所有動作都是以左手完成，而且非常流暢俐落。

直到這一刻，岡太太才恍然大悟。爲什麼助手會從庭院深處走出來，手上拿著一個裝著神祕液體的寶特瓶？爲什麼那株山茶花明明不太健康，助手卻說水分跟養分都很足夠？爲什麼談到這件事時，多田會露出如坐針氈的表情？

「眞的很對不起，我完全忘記應該讓你們使用廁所。」岡太太說道。

「嗯……倒也不是因爲妳忘記的關係。」助手抽得津津有味，將一口煙霧吐向天空。

「多田從來不借廁所，不管到誰家都一樣。我是想上就借，但每次只要我借廁所，多田就會露出不開心的表情。」

「咦？那是爲什麼？」

「大概是覺得知道那個家庭太多內幕，是件失禮的事吧。」

助手一邊說，一邊像螃蟹一樣橫著走路，在地上畫出了一條弧線。岡太太不明白他爲什麼突然做出這種古怪的舉動，先是愣了一下，接著才想到可能是因爲風向改變了，他想避免香菸的煙霧飄向岡太太。

「只要看了廁所就會知道，對吧？」

「知道什麼？」

「例如使用什麼樣的衛生紙？打掃得乾不乾淨？如果擺了一盆花，那是眞花還是假花？從這些事情就可以看出那個家庭的人有不有錢、細不細心、有沒有美感什麼的……」

原來如此。岡太太點了點頭，試著回想家裡的廁所。應該還算乾淨，使用的衛生紙也不算差。唯一的問題，大概就是那個古怪的擺飾吧。馬桶水箱上擺了個巴掌大小的陶俑。那是丈夫有一次參加町內會的兩天一夜旅行，從大阪買回來的紀念品。岡太太本來希望丈夫買的是一口大小的迷你煎餃，而且再三交代過了，結果丈夫買回來的卻是那個表情像蠢蛋的泥巴人偶。岡太太當然大失所望，但丈夫每次小解時看見那玩意，都會露出滿意的表情。

我的丈夫就是這麼一個怪人。岡太太在心裡嘆了口氣。一起生活了這麼多年，如今也懶得再抱怨了。那個人總是我行我素，從來不肯聽聽我的想法。

助手捏著只剩一小截的香菸，走向坐在發財車車斗上的多田。岡太太則捧著裝了床單及衣物的籃子，轉身準備進屋。

就在這時，玄關的拉門突然被人拉開，岡太太一看，丈夫穿著拖鞋走到庭院裡。

「老公，怎麼了嗎？」岡太太問。

丈夫對妻子連瞧也沒瞧一眼，跨著大步走向多田跟他的助手。

「喂，便利屋。怎麼樣？抓到證據了嗎？」

「很遺憾，今天到目前爲止，一班都沒有少。」

多田彎下腰，拿起記錄著公車運行狀況的紙，從車斗上遞給丈夫。丈夫低聲咕噥，顯得相當不滿。岡太太懶得再理會丈夫，捧著籃子走進起居室。

岡太太以俐落的動作將衣物及毛巾一件件摺好，偶然朝窗外瞥了一眼，竟看見助手與丈夫在庭院裡互相抓著對方的領子，多田則從車斗上跳下來，自後方將助手緊緊勾住。自己才離開短短幾分鐘，那三個男人怎麼能吵成這樣？岡太太趕緊推開膝蓋上的衣物，起身走出庭院。

「我們做得那麼認眞，你要是不相信，就自己去監視！」

「你認眞個屁！若說便利屋認眞我還能接受，你這傢伙根本從頭到尾都在摸魚！我只是假裝沒在看，其實早就監視你很久了！」

「有時間監視我，怎麼不去監視公車？你這五音不全的老頭！」

「你說誰五音不全！你這傢伙一整天就只會盯著螞蟻搬運飯粒，有什麼資格說我五音不全？」

兩人互罵了一陣，助手忽然高高抬起了腳，似乎想朝丈夫那光溜溜的頭頂施展絕招「斧頭踢」。而丈夫也不甘示弱，忽然伏低身子，朝助手衝去，施展出一記「抱腿摔」，還想連同多田一起撂倒。

「你們是三歲小孩嗎？這樣大聲嚷嚷，要是吵到鄰居，你們要怎麼解釋？」

岡太太以遠遠超越在場所有人的音量大聲斥責：「老公！」

「是……」丈夫縮起身子。

「今天的晚餐是炸竹筴魚，在炸好之前，你給我到公車站牌去。想怎麼監視，就怎麼監視。」

炸竹筴魚是丈夫最愛吃的料理，他或許是擔心如果不乖乖聽話，恐怕太座會不給吃，因此一句話都不敢抱怨，默默走向庭院出口。

助手露出奸笑，臉上彷彿寫了個「爽」字，岡太太轉頭對他說：「你也去。」

「咦？不是吧？」助手大聲抗議，岡太太朝他一瞪，他趕緊夾著尾巴，乖乖跟在丈夫後頭。

庭院裡只剩下岡太太與多田。兩人默默觀察著門外公車站牌的動靜，生怕那兩個男人學不乖，到了門外又掀戰火。等了好一會，門外一片安靜，丈夫與助手乖乖遵照岡太太的吩咐，並肩坐在公車站牌處的長椅上，不敢胡亂造次。

「眞的非常抱歉。」多田低頭鞠躬。

「你這個助手似乎很生氣。」

岡太太邀多田到露天邊廊，兩人並肩坐下。天色漸晚，周圍一帶越來越昏暗。發財車的白色車身，隱隱反射著玄關室外燈的亮光。

「你願不願意告訴我，你跟助手爲什麼吵架？」

「只是一件微不足道的小事，眞的沒什麼好說的。」

多田相當固執，就是不肯說出詳情。岡太太決定使出殺手鐧。

「便利屋，你是不是曾經朝庭院裡的山茶花小便？」

多田的喉結上下滾動。

「是……」

「那株山茶花，是我嫁進岡家時種下的，具有特別的意義。」

「對不起。」

「說吧。」

多田或許是知道躲不了，終於乖乖招供了。根據他的描述，他與助手發生口角的原因，果然是「高中同學會」。

「前幾天，一封確認同學會出缺席的往返明信片[20]，寄到了我的事務所。我不清楚那些高中同學是怎麼查到我的事務所地址，基本上我從來不對高中時期的朋友提及我現在的工作，也不會讓他們知道地址。」

「爲什麼不說？」

「我怕有些朋友得知我在經營便利屋，會礙於人情，向我委託工作。」

岡太太心裡明白一定沒那麼單純，默默凝視多田的臉。多田或許是被瞧得有些難爲情，微微揚起嘴角，說：「過去的事情，我實在不太想提。」

岡太太還是很想再追問「爲什麼」。或許有些人問你的過去，確實只是爲了滿足自己的好奇心，但我相信一定也有些人是眞的關心，想知道你過去遇上了什麼事。岡太太很想這麼開導他，但最後什麼也沒說。自己跟多田的關係並不是家人、朋友或戀人，以自己的立場實在無從置喙。

「好吧。」

岡太太只說了這麼一句，朝多田點點頭，催促他繼續說。與多田之間的隔閡感，令岡太太感到有些寂寞與難過，很像當年才新婚便與丈夫發生爭執時的感覺。

「我根本不打算參加，所以一直沒理會那張明信片。沒想到行天那傢伙，竟然擅自幫我圈

20「往返明信片」（往復はがき）是日本常見的一種明信片格式，通常用於向收信人確認活動的出缺席。收信人收到明信片，塡妥上頭的資料後，明信片的半邊可以剪下來，當作回覆用的明信片直接寄回。近年來由於保護個人隱私的意識抬頭，「往返明信片」的使用率已經不高，大多是改採郵寄一般信件，並在信封內附上回郵信封。

了『出席』，把明信片寄了出去。」

「所以你們就吵架了？就爲了這種事？」

「所以我才說只是微不足道的小事。」

「你的助手也會參加同學會，不是嗎？這也不是什麼値得生氣的事吧？」

「他根本不會去，卻叫我要出席，所以我才生氣。」

岡太太聽得一頭霧水。

「他不去，卻強迫你出席？」

「他希望我在同學會上大力宣傳，開拓新客源。」

「這聽起來很有道理，但他自己爲什麼不去？」

「就像他剛剛自己說的，就算去了也不知道要說什麼。而且行天的狀況又跟我不太一樣，他連明信片也沒收到。一來沒有人知道行天現在跟我住在一起，二來就算知道，大概也沒有人想邀他，他從以前就沒朋友。」

「你呢？」岡太太淡淡地問道。

「你不是他的朋友？」

多田一時啞口無言，說不出話來。岡太太見他面色難看，臉上彷彿寫著「才不是」，心中不禁莞爾。就算不是朋友，至少也是工作上的搭檔。明明在外人眼裡這兩個人挺合得來，彼此卻過於死鴨子嘴硬，對最重要的事情視而不見。只能說男人有時眞的是太傻了。

那我呢？我又何嘗不傻？岡太太的心中驀然響起了這道聲音。曾幾何時，自己與丈夫已經不再是男人與女人的關係。正因爲在一起的時間太長，連作爲夫妻的自覺都已磨耗殆盡。然而在岡太太的內心深處，依然燃燒著一丁點小小的燈火。那是一種跨越了男女、夫妻或家人等一切定義，就只是想要好好珍惜對方的心情。雖然溫度不高，卻永遠不會熄滅，有如寧靜的祈禱，平淡卻歷久彌新。

在岡太太心中，同時存在著認命、惰性、使命感，以及一絲溫情。說穿了，那就只是一種每天盡心工作，完成自身使命的感覺。兩人之間的細水長流，就是以這種感覺在維繫著。這樣的關係，沒有辦法以任何詞彙來表達。正因爲找不到表達的方式，內心必定會感到困惑與不安。相較之下，丈夫卻總是能在「夫妻」的名分下處之泰然。岡太太爲此感到焦躁，卻又不願意與丈夫分開。

那到底是種什麼樣的心情？如果能用「愛」這個字眼來說明一切，不知該有多輕鬆？

「那場同學會，不如就去吧。」岡太太說。

「你的助手沒有被邀請，你來邀不就好了？」

「或許能夠開拓新客源，是嗎？」多田無奈地長嘆一聲。

「沒錯、沒錯。」

「如果只是要開拓新客源，叫行天去就行了。那傢伙也曾幹過業務員。」

「你在開我玩笑吧？」

「聽起來讓人毛骨悚然，卻是事實。」

岡太太試著想像那助手在客人面前舌粲蓮花的畫面。那困難度遠高於想像太陽吞噬地球。只能說幸好世界上有「便利屋」這個職業。不管是對那個助手，還是對助手從前當業務員時的同事，甚至是對當時他們公司的客戶，都只能以「謝天謝地」來形容。

多田笑了出來。他似乎也正想著同一件事。岡太太也忍不住笑了。

「在你跟他和好之前，禁止你再踏進我家一步。」

「過去我跟他看起來感情很好？」多田狐疑地問。

「那倒也沒有。」岡太太老實說道。

「但有一點可以肯定，那就是你的助手如果沒有跟你吵架，應該也不會說出那些讓我丈夫血壓升高的話。」

「眞的很抱歉。」

「還有一點，以後禁止在我家院子小便，我會借你廁所。」

多田垂下了頭，連話也不敢接。岡太太想到以後多田小便都得面對那尊愚蠢的泥巴人偶，不禁有些洋洋得意。

聽說公車一靠站，助手就跳了上去，獨自回眞幌站前去了。他不僅把丈夫一個人留在公車站牌，而且還隔著車窗朝丈夫輕輕揮手。岡太太光是想像那畫面，就差點忍不住笑出來。

岡太太費了好一番功夫，直到剛剛才終於安撫了自尊心受損的丈夫，並且讓一再道歉的多田帶回兩人份的炸竹筴魚。

「那個臭小子，真是太不像話了！」

吃晚飯的時候，丈夫依然抱怨個不停。

「好了啦，人家都走了，再罵有什麼用？」

「妳就是太沒有脾氣，才會被那個臭小子爬到頭頂上。」

「是嗎？」

「當然！」

岡太太從來不認爲自己被「爬到頭頂上」。說得更明白一點，岡太太認爲多田與那個助手會活得那麼辛苦，正是因爲他們不知道怎麼盛氣凌人，不知道怎麼把別人踩在腳底下。

岡太太將丈夫趕去洗澡，自己一個人在八張榻榻米大的寢室裡鋪好了兩床被墊。

不知道爲什麼，岡太太感覺異常疲倦。明明還沒洗澡，也還沒換衣服，岡太太卻忍不住在被墊上躺了下來。在螢光燈的照耀下，天花板的顏色變得白中帶青。

多田跟他的助手，即使吵吵鬧鬧，還是願意一起經營便利屋，這或許是因爲他們都有著不願讓他人碰觸的過去。岡太太沒有辦法充分體會這兩個人的心情，也正是因爲自己並沒有那樣的過去。

岡太太從小生活在一個父母及兄弟姊妹都很正常的普通家庭，長大後嫁給了一個沒有暴力傾向也沒有變態癖好的丈夫，結婚後每天只是忙於做家事及照顧孩子。孩子們雖然曾有過叛逆期，但都是平平凡凡且有著善良的本性。唯一的煩惱大概就只是孩子離家獨立生活之後，對於夫妻兩人的老年生活有些不滿。整體而言，自己的人生平凡無奇到讓人有些難爲情的地步。

作爲一個女人，如果人生能夠增加一些黑暗面，或許會變得更有魅力也不一定。搞不好可以把那個沉默寡言又忠厚老實的便利屋迷得神魂顛倒，讓他完全忘記年齡的差距。

岡太太想到這裡，趕緊伸手在臉的前方搧了搧，拂去籠罩在眼前那股灼熱的空氣。我都這麼大把年紀了，到底在想什麼？

岡太太試著移動身體，尋找被墊上的冰涼處。來自庭院的鈴蟲鳴叫聲，蓋過了所有的聲音。

一個人有著不願讓他人碰觸的過去，代表什麼意思？岡太太拋開桃色的幻想，把思緒拉回正題。那代表一種「希望過去的自己從未存在過」的心情。

但除非喪失記憶，或是將一切的情感從心中剝離，否則這個心願永遠不可能實現。就算逃到一個沒有人認識自己的地方，過去的陰影還是會一再重回心頭。

無論再怎麼逃避，終有一天還是得面對過去。

岡太太的腦海裡浮現了從前的多田那困頓疲憊的雙眸，以及少年時期的助手那灰暗而空洞的眼瞳。或許他們兩人終有一天，將得面對自己那來自過去的視線。

「喂，妳還好嗎？」

瞧。

丈夫的呼喚聲，讓岡太太睜開了不知何時閉上的雙眼。只見丈夫跪坐在枕邊，直盯著自己

「我很好。」

「妳都這麼大把年紀了，不要悶不吭聲地躺著不動。我還以爲妳突然掛了，心臟差點沒被妳嚇停。」

「我要是獨自在房裡一邊吭聲一邊躺著不動，你的心臟才會被嚇停吧。」

「妳這個女人，就是愛頂嘴。」

總比你的偏激又固執好得多。岡太太心裡這麼想，但沒說出口，在床上坐了起來。

「我去洗澡。老公，你藥吃了嗎？」

「嗯，不過我想去喝個茶。」

丈夫跟著岡太太走出寢室，沿著走廊前進。但兩人經過了起居室及廚房，丈夫還是跟在後頭，一直跟到了浴室。

「你跟著我幹什麼？小茶壺裡已經有茶葉了，從熱水瓶加些熱水就行，這你應該能自己做吧？」

「嗯。」

丈夫看著岡太太走進脫衣間，才轉身走回起居室。似乎是因爲剛剛的事情，讓他擔心妻子可能會突然昏厥。眞是杞人憂天，這種事情有什麼好擔心的？岡太太察覺丈夫的想法，在浴室

裡清洗身體的同時，露出了微笑。

大家常說人活得越老，耐性會越差，這句話眞是一針見血。在很多時候，憤怒與不安還有辦法以理性壓抑下來，反而是疼惜之情經常會潰堤，沒有辦法自我克制。理由是什麼？誰知道呢，或許是老夫老妻的心裡有著「生命中只剩下這個人」的寂寞吧。也或許「關愛之情」打從一開始就是構成心靈的本質。

岡太太洗完澡，來到起居室。丈夫立刻放下茶杯，關掉電視。

兩人又一起走回寢室。

「你頻尿還在睡前喝茶，不先去上個廁所？」

「不用妳說，我也會去。」

丈夫走進了放置著陶俑的廁所。岡太太先躺了下來，將頭在枕頭上安置好。

今晚這一睡，要是再也醒不來，該如何是好？自從上了年紀之後，每天睡覺前都會萌生這樣的煩惱。岡太太驅趕了悄悄襲來的睡意，等著丈夫回來。

今天雖然勞累，卻是很有意義的一天。一來內心的筆記本又多寫下了一些多田的事，二來這陣子令自己掛心不已的三件煩心事，其中兩件可望在近期解決。

庭院裡那株山茶花，多田澆了些水、施了點肥，還答應以後不再提供他自製的水分及肥料。不久之後，山茶花應該會恢復健康吧。多田和助手吵吵鬧鬧了兩個星期，應該也差不多該和好了。

如今心頭的煩惱，就只剩下丈夫的頑固了。但唯獨這件事，恐怕永遠沒有改善的一天。到了這個地步，岡太太認爲自己該轉換心情，把見證丈夫的冥頑不靈當成一種生活情趣。或許這份頑固會讓他死後不肯乖乖離開人世，搭著橫中公車回到自己的身邊。

岡太太越想越有趣，在棉被裡嗤嗤笑了起來。

「拜託妳睡覺就睡覺，不要邊睡邊笑。」丈夫上完廁所，回到寢室說道：「我聽妳這樣笑，心裡直發毛。」

「你剛剛不是才叫我別躺著不吭聲？到底是要我發出聲音，還是不要我發出聲音？」

「哎呀，妳這女人眞囉嗦。好了，我要關燈了。」

丈夫一拉日光燈的開關繩，寢室登時一片漆黑。

「晚安。」

「晚安。」

大門外的馬路不斷傳來車輛通過的聲音。那聲音宛若流水，來到了近處，旋即向遠方流逝。

岡太太翻了個身，面向睡在隔壁的丈夫。雙眼逐漸習慣了黑暗，前方隱約可見丈夫那圓滾滾的光頭。

「老公，其實你挺欣賞多田便利軒那兩個人，對吧？」

丈夫遲遲沒有回應，岡太太還以爲他睡著了。過了許久才聽見丈夫粗聲粗氣的回話。

「如果不是對他們有好感，我怎麼可能會把蒐集證據這種重要的工作交給他們？」

要掌握橫中公車偷減班次的證據，恐怕是難上加難。只要找不到證據，丈夫就會持續向多田便利軒委託工作。三個人一見到面，又會陷入「丈夫抱怨連連」、「助手惱羞成怒」、「多田趕緊打圓場」的無限循環。

眞是個幼稚鬼。岡太太將身體轉回仰躺的姿勢。如果只是希望他們來找自己說說話，打一通電話就行了，根本不需要找那些奇奇怪怪的理由。

既然是便利屋，當然是什麼雜事都願意接才叫便利屋。何況多田便利軒的多田相當認眞負責，絕對不會拒絕陪老人聊天。

或許下次見面，就有機會聽他們聊起同學會的事。岡太太以逐漸遠去的意識，思考起下一個問題。或許助手在同學會的會場上又引起騷動，便利屋又得向老朋友們低頭道歉。下次見面，希望能從他們口中聽到這些事。但如果明天早上沒有醒來，那也沒有關係。

度過了美好的這一天，岡太太已心滿意足。

身旁傳來了丈夫的鼾聲。岡太太在半夢半醒之間，將手伸進隔壁的棉被裡。

丈夫的手好溫暖。

由良大人運氣差

這天是星期六，田村由良睡到十點才起床。

上了國小五年級，每天變得非常忙碌。每個星期的一、二、四、五得到眞幌站前的補習班上課，星期日還得到位於橫濱的補習班總部參加全國規模的模擬考。當然除了補習班，平日還得上學。除此之外，在孩子群裡頭維持人際關係也不是件輕鬆的事。

算起來每個星期只有一天能好好休息，即便起得晚了一點，應該也不算太過分。由良想到這裡，精神抖擻地下了床。問題是爸媽爲什麼沒叫醒我？不是說好今天全家要一起去眞幌自然森林公園，中午到眞幌站前購物順便吃午餐？難道是因爲下雨，爸媽決定早上不出門？

由良拉開房間窗簾，淡藍色天空登時映入眼簾。咦？明明是大晴天。由良感到一頭霧水，決定先換衣服再說。現在已經是十月中了，光著身子走來走去可不是好主意。由良挑好今天要穿的衣服，並排放在床上，脫去睡衣。

迅速換完衣服，由良穿上了父親買給自己的那雙心愛拖鞋。拖鞋前端是怪獸的臉，整雙全是絨毛，穿起來相當舒服。由良一邊感受包覆著腳板的柔軟觸感，一邊打開通往客廳的門，喊了一聲「早安」。

客廳裡一個人也沒有，桌上擺了一大盒營養麥片，底下壓了一張字條。

「給由良：公司電腦系統故障，爸爸得趕去公司處理。媽媽公司的同事感冒請假，媽媽得代替那個同事陪客戶打高爾夫。我們都臨時有事要出門，公園只好下個星期再去了，對不起。我們回家可能已經很晚了，你就自己買東西吃吧。抽屜裡有錢。」

什麼嘛，都出門去了。由良大為失望，找來一個深底的盤子，倒了些營養麥片，再倒入牛奶。難得的星期六，偏偏遇上電腦系統故障及公司同事感冒。今天的計畫都被打亂了，該做什麼才好？爸媽也真是的，出門前好歹應該跟我說一聲。

由良一邊吃著巧克力口味的營養麥片，拿起母親留的字條又讀了一遍。簡直就像是童話裡的劇情：老爺爺到山上砍柴，老奶奶到河邊洗衣服。由良試著發揮想像力，感覺心情平復了些。反正也不是第一次了，父母工作都很忙，這也是沒辦法的事。

由良知道，人活著就必須有一顆豁達的心。唯有具備這樣的生活智慧，才能排遣寂寞，不被空虛擊垮。

由良洗完盤子，拉開廚房的抽屜，裡面竟然有三千圓。母親平常總說孩子一有錢就會學壞，所以只會放五百圓讓由良吃飯。這次一口氣給到三千圓，可見得母親也覺得很過意不去。

有這三千圓，不僅午餐、晚餐都可以買喜歡的東西吃，還剩下不少錢拿來玩樂。由良將那三張千圓鈔票摺疊好，放進公車月票套內。午餐該吃什麼好呢？就算是麥當勞的培根生菜堡套餐，現在也完全付得起。由良帶著雀躍的心情，將月票套與手機塞進口袋。平常只有五百圓的時候，只吃得起吉事漢堡餐，但今天可就完全不同了。由良將門上了鎖，搭電梯來到一樓。不，等等。如果只吃便利商店的泡麵，不就有更多的錢可以拿來玩樂了？不管是買漫畫還是上電玩中心打電動，全都不成問題。

由良走出公寓的出入口大廳，來到路上。涼爽的秋風迎面拂來。包含自己居住的公寓在內，這片臺地上的所有高級公寓所組成的社區，稱作「公園之丘」。每棟公寓不僅排列得整整齊齊，而且乾淨漂亮。由良回頭一望，數不清的窗戶玻璃反射著太陽，刺眼得幾乎睜不開眼睛。不管是全社區共用的中庭花園，還是形成平緩斜坡的迎賓大道，全都整齊排列著精心修剪過的樹木。由於還不到楓紅的季節，樹葉都還是綠色的狀態。從枝葉的縫隙，可看見遠方的眞幌市中心高樓大廈。

雖然有了錢，但沒有玩伴的話，花錢的樂趣也會大減。由良從口袋取出手機，打算把同社區的朋友叫出來。

沒想到手機竟然沒電了。由良還記得昨晚手機就已經快沒電，自己可沒忘記把手機放在充電座上。沒想到手機竟然整晚沒有充電，或許是插頭沒插好吧。但是都已經走到這裡，搭電梯回家實在是太麻煩了。

由良咂了個嘴，放棄了找朋友出來一起玩的念頭，獨自走向公車站牌。原本由良還期待能在社區內或公車站牌處遇上認識的人，但整路只遇上一對年輕夫妻，帶著一個年紀比自己還小的孩子。

朋友們要不已經出門了，要不沒有打算出門。而且不管是有沒有出門，大概都是跟父母一起行動。所以不管是打電話給朋友，還是去朋友家去找人，都只是浪費時間而已。既然這樣，打從一開始就單獨行動，才是最明智的做法。等公車的時候，由良如此說服自己。

由良搭上一輛從公園之丘發車的公車，打算前往眞幌車站。車上約有十名乘客，由良獨自坐在後側的雙人座位上。其他乘客幾乎都是全家出遊，正開開心心地討論著等等要看的電影，或是等等應該以什麼樣的順序逛站前的百貨公司。每個家庭看起來都和樂融融，由良只能看著車窗外的景色。公車沿路停靠兩、三次，幾個老人家上了車。

越靠近眞幌站，道路就越壅塞。

眞幌市內的商店大多集中在站前，形成巨大的商圈，但是從郊區通往市中心的道路並不多，因此很容易塞車。每個星期只要到了週末，市中心一帶的道路總是會嚴重阻塞。載著由良的公車開到距離車站約一公里多的地點就停滯不動，幾乎不再前進。

要不要乾脆下車用走的算了？但是等到前面的燈號變綠燈，或許車子會前進也不一定。由良決定暫時坐在座位上，觀察前方路口的號誌燈。就在這時，身旁的車窗玻璃忽然響起了咚咚聲響。由良吃了一驚，轉頭望向窗外。

此時公車處於完全停止的狀態。一個男人站在窗外，仰頭看著由良，臉上滿是笑意。

這個人是……便利屋那兩個大叔的其中一個！而且是比較變態的那一個！

由良趕緊將頭轉向前方，裝作沒看見他。那個大叔……叫什麼名字來著……好像是「行天」吧？

由良的母親曾經委託在眞幌站前經營便利屋的多田，在補習班下課之後接送由良回家。後來發生了一些麻煩事，多田完成了母親委託的工作，也解決了母親沒有委託的那樁麻煩事。因此在由良心中，多田這個大叔雖然有點太愛管東管西，但還算是個好人。不，好大叔。

但多田的助手行天，可就是個麻煩人物了。不管是在執行委託工作的過程中，還是在委託工作結束之後，那個行天一直以各種令人匪夷所思的言行舉止，將由良耍得團團轉。而且他對由良一點也不溫柔體貼，經常在年紀還小的由良面前抽菸。更糟糕的是他常講一些讓由良摸不著頭緒的話，由良完全不想和這個人有牽扯。

在由良的觀念裡，大人應該要對孩子特別照顧。例如進了壽司店，大人應該要特別爲孩子點一份不加山葵的壽司。但行天這個大叔的做法可能剛好相反，他會把一大塊山葵塞進由良嘴裡，然後自己津津有味地吃著鮪魚腹肉壽司。當然這只是比喻而已，實際上行天從來沒有請由良吃過壽司，而且多半也沒有請人吃壽司的經濟能力。總而言之，行天就是個身體像大人的幼稚孩童。由良完全不知道該怎麼跟行天這個人相處，一旦遇上他總會傷透腦筋。

由良決定假裝沒看見，沒想到行天卻毫不死心地繼續敲打車窗。

「喂！由良大人！快下來吧！」

行天竟然開始大呼小叫。誰是你大人了？由良在心中暗罵。雖然多田與行天都會稱由良爲「由良大人」，但行天在稱呼「大人」的時候，音調特別古怪，而且還會拉得特別長，簡直像在說「庫斯科壁畫[21]」。公車上的其他乘客紛紛轉頭望向由良，由良趕緊縮起身子。無論如何，絕對不能讓任何人發現車外那個怪咖是我認識的人。

「你是由良大人吧？咦，難道是我認錯人了？喂，那個長得很像由良大人的！」

行天依然喊個不停。既然懷疑自己認錯人，爲什麼還要繼續叫？由良緊咬著牙關，打死不肯轉頭朝行天看上一眼。道路前方的燈號轉變爲綠燈，車子終於開始緩緩前進。

這下子他應該會放棄了吧？由良鬆了口氣，偸偸朝窗外瞥了一眼，沒想到行天竟然在馬路上全力奔跑，追趕著公車。前方不遠處，就是抵達眞幌站前的最後一座公車站牌。難不成那個大叔想要從那裡上車？他到底在執著什麼？

由良暗自祈禱公車開快一點，可惜因爲塞車，前進的速度只能用龜速來形容。行天輕而易舉地超越了公車，在站牌停下腳步。接著他高高舉起雙手，對著公車司機全力揮舞。就算是受困的災民，求救時也不會像他這麼激動。

一個身穿龍形刺繡夾克的男人走進公車裡，當然會引來全車所有人的注目。但行天絲毫不以爲意，甚至沒有整理因爲全力奔跑而亂掉的頭髮。在衆目睽睽之下，他泰然自若地往前走，以一副理所當然的態度坐在由良旁邊。

「你果然是由良大人，爲什麼不理我？」

爲什麼我非得理你不可？由良在心中暗罵。

「你要去哪裡？」

「既然搭了這班公車，還能去哪裡？當然是站前。」

21「庫斯科壁畫」的「庫斯科」（クスコ）與「由良大人」（ユラコー）的語尾發音近似。

「你去站前做什麼？」
「沒做什麼。」
「那我就跟你一起去囉？」
「爲什麼？」
行天露出賊兮兮的笑容，彷彿在說：「你想知道爲什麼嗎？」由良在心中回應了一句「不想」，行天卻抓住由良的手腕，往公車最後方的座位移動。最後方是一排長排座位，長度與車寬相同。那裡原本坐著一對貌似夫妻的男女，女人還懷抱著嬰兒。「抱歉，讓一讓。」行天朝夫妻說道。夫妻只好挪動身體，讓出了座位中央的空間。行天跪坐在座位上，隔著公車後方的車窗，俯視後方的道路。
「你看！」
在行天的催促下，由良只好跟著跪在行天旁邊，探頭望向窗外。只見一輛白色發財車，緊緊跟著公車。開車的正是經營便利屋的多田。多田似乎看見了行天，露出凶惡的眼神。
「他看起來好像在生氣？」
「嗯，因爲我擅自跳下了他的車。」
行天朝多田揮揮手，轉身坐在最後排的座位上。由良也跟著轉回來坐下。
「剛剛我們的車正準備要左轉，這輛公車忽然通過我們眼前。我看見你坐在車上，剛好公車因爲塞車停了下來，我就來找你了。」

「你找我有什麼事？」

「完全沒事，我只是覺得今天最好別跟多田一起行動。」

果然這個大叔還是老樣子，說話讓人摸不著頭緒。但由良並不想問個清楚。反正問了也只是浪費時間。最簡單的做法，就是等公車到站後，想辦法把他甩掉，混入人群之中。

沒想到由良心裡所打的如意算盤，立刻就宣告失敗了。公車一抵達真幌站前，行天立刻抓住由良的手腕，拉著由良下了公車，在人潮洶湧的街道上拔腿奔跑。

「喂，你幹什麼？」

由良大聲抗議，行天卻毫不理會。背後傳來多田的怒罵聲。

「行天，你給我站住！」

「有誰聽了這種話會乖乖站住？」

由良轉頭一看，多田將發財車胡亂停在路肩，站在人行道上，高高舉起了拳頭。

「五點鐘在艾姆希飯店的『孔雀廳』，你要是不來，我就把你開除！」

「誰鳥你！」

行天已到了道路另一側，對著多田大喊：「從來沒發過獎金，開除個屁！而且我今天受由良大人委託，要照顧他一整天，沒辦法分身！」

我可沒有委託過這種事！由良被行天硬拖著奔跑，只能轉頭朝著多田用力搖頭。

兩人就這麼一拖一跑，跑得由良口乾舌燥，只想坐下來好好休息一下。「好啦，我知道了。」由良用力甩開行天的手。

「我們到麥當勞去，我會好好聽你說明。」

「沒問題。」

行天仰頭看著黃色的M字招牌：「你要吃什麼？」

「我還不餓，喝杯可樂就行了。你去點，我先下去占位子。」

由良丟下這句話，立刻轉身奔下通往地下室座位區的階梯。剛剛在眞幌大街上被他拖著跑了那麼久，讓他請喝杯可樂應該不過分吧？

由於還不到午餐時間，座位區很空，沒什麼客人。由良挑了一張最深處的靠牆桌子，坐下來等了一會，便看見行天走下階梯，兩手各拿一個中杯尺寸的紙杯。他一邊走，一邊咬著吸管，喝起其中一杯。

這大叔的字典裡，好像沒有「教養」兩個字？由良在心裡嘀咕。不，搞不好這大叔根本沒有字典。

由良向來有潔癖，先拿紙巾把桌面擦拭乾淨，才從行天手中接下另一杯飲料，說了聲「謝謝」。

才插入吸管喝了一口，由良連咳了好幾聲。

「這不是可樂！這是咖啡！你那杯才是可樂吧？」

「嗯。」行天在小桌子的對面坐了下來。「我喝了才發現搞錯了，要交換嗎？」

他一邊說，一邊以吸管朝可樂裡頭吹氣。

「不要。」

由良斷然拒絕，但咖啡實在太苦了，根本沒辦法喝。仔細一看杯蓋，上頭用來分辨飲料種類的圓形突起是凹下去的狀態。可見得店員一定對行天說過「杯蓋凹下去的是冰咖啡」之類的話，卻被行天當成了耳邊風。

由良要行天去拿兩包糖漿及兩顆奶精，全部加進咖啡裡，才總算能解渴。

「說吧，到底是怎麼回事？我可沒委託你照顧我。」

「你就配合一下吧。多田只要知道我是跟你在一起，事後就不會對我碎碎唸。」

「你只要這麼說就好了，反正他也不會知道是不是眞的。」

「不行，說謊是不好的行爲。」

「你在說什麼鬼話。」由良哼笑了一聲。

「一個蹺班不工作的人，還會在意說不說謊？我剛剛可是聽得一清二楚，你們五點有工作，對吧？」

「不是工作，是同學會。」

「只是同學會？那幹嘛不去？」

「就是不去。」

「為什麼？」

「一言難盡。」

行天說了一句大人才會說的話，同時用力吸著杯底的最後一滴可樂，發出呼嚕聲響。

「好吧，如果你非得要跟著我，那也可以。」由良做出了讓步：「但你得請我吃飯。」

「呃……」

「你要我幫忙你，請吃飯是應該的吧？」

省下了一天的餐費，三千圓都可以花在玩樂上。由良先到眞幌大街上的書店，買了三本最新出版的少年漫畫。行天乖乖跟在後頭。接著由良前往蠍子電玩中心，換了一千圓的代幣。由良在這裡只玩自己最拿手的射擊遊戲，打發了不少時間。就在由良拚命按著按鈕的時候，行天坐在無人使用的機臺前，讀起了由良買來的漫畫。我都還沒看，誰准你先看了？由良在心裡暗罵，但懶得跟他一般見識，所以也沒說什麼。

花光代幣後，由良只能站在別人的機臺後方，觀摩高手打對戰遊戲。看了一會，感覺肚子有點餓了。一看時間，已過了下午一點。由良抬頭左顧右盼，發現行天已不在店內。難道他突然改變想法，決定不再糾纏自己？由良不禁有些惱怒，這個大叔未免太任性了。身上的錢只剩七百七十圓。既然沒辦法讓行天請客，只能大幅調整接下來的計畫。用這些錢買兩餐份的食物，差不多就得打道回府了。

早知道會這樣，實在不應該花一千圓在打電動上。由良帶著滿心的懊悔走出蠍子電玩中心，竟看見行天趴在店外的夾娃娃機臺前方。

「你在幹什麼？」

由良一喊出這句話，馬上就後悔了。應該不要理他，悄悄走掉才對。

「噢，你打完了？」行天起身，拍去書店袋子上的灰塵。

「你知道嗎？這底下偶爾會有一些銅板呢。雖然今天一枚也沒有……」

眞是太離譜了。這大叔簡直是「絕對不能變成這種大人」的完美範本。由良明明不是撿銅板的那個人，卻不由得面紅耳赤，氣呼呼地轉身走上大街。行天默默跟了上來。

「我肚子餓了。」由良朝走在旁邊的行天暗示道。

「我也是。」行天說道。

「你也是個屁，還不快帶我去吃飯？我想吃拉麵。」

行天攤開右手手掌，舉到由良面前。由良先注意到的是小指根部的舊傷，接著才把視線移到掌心的八圓硬幣上。

「這是幹什麼？」

「我的全部財產，就這些。」

「你未免太窮了吧！」由良錯愕地大喊：「算了，那我要回家了。」

「別急，你先冷靜點。」

行天將書店的紙袋高高舉到由良碰觸不到的位置，慢條斯理地說：「我一定會讓你吃飽，你放心。」

「你太卑鄙了！」

由良氣得呲牙裂嘴，但行天毫不理會，維持著將紙袋高舉在頭頂的姿勢，邁開大步。無論如何，得把那些最新出版的漫畫搶回來才行。否則真不曉得今天到眞幌站前來幹什麼。由良感到既無奈又丟臉，只好與行天保持一些距離，跟隨在高舉著左手的行天身後。

行天站在KTV的店門口，觀察著一組組客人不斷走入店內。有的是數名男女，有的是情侶檔，有的看起來像是一家人。在形形色色的客人之中，行天挑上了三個衣著光鮮亮麗的女大學生。

「打擾了。」

三人正要入店，突然被行天叫住，各自轉過頭來，臉上帶著明顯的戒心。

「能不能請我們吃頓飯？我會用我的歌聲當作回報。」

這傢伙是腦袋燒壞了嗎？由良心中暗罵。突然被一個莫名其妙的男人提出這種要求，天底下有誰會答應？

沒想到行天只不過是微微一笑，情況就有了一百八十度的轉變。「呃……」、「怎、怎麼辦？」三個女大學生對看一眼，吱吱喳喳地討論了起來。由良不禁心想，這傢伙眞是太邪惡了，竟然懂得在這種時候利用自己的長相。由良仰頭看著行天，在心中咒罵了一聲。行天卻摟住由良的肩膀，露出由良從來沒見過的親切笑容。

「他是我外甥，我都叫他由良大人。今天早上我老姊突然要我幫忙照顧他一天，偏偏我因爲玩小鋼珠，手頭的錢都輸光了。」

三個女孩見了由良，更進一步消除了戒心。「咦，眞的假的？」、「好可憐！」、「這孩子好可愛，他幾歲？」，她們笑臉盈盈地看著由良。但由良看得出來，她們故意裝出這反應，是想在行天面前表現出自己很有母愛。這些女人，是把人當猴子耍嗎？由良有些惱怒，但因爲被行天在背上頂了一下，再加上鼻尖聞到女大學生的甜美香氣，因此乖乖回答：「小學五年級。」

三個女孩再度妳一言我一語地交談起來：「呃……」、「現在怎麼辦？」、「反正現在是特價時間……」

「我的歌喉保證不會讓妳們失望。」

行天最後補上這麼一句，三個女孩終於點頭同意了。

「但你要是敢亂來，我們馬上叫店員把你趕出去！」

「妳們放心，我的力氣和下半身都很弱，保證不會對妳們構成威脅。」

「你這大叔，挺愛耍嘴皮子！」

三個女孩分別叫做美紀、小文及小優，她們買了三個小時的包廂時間，附帶飲料無限暢飲，另外還幫由良點了一份炒麵。由良本來想吃炸雞，但前來協助點餐的店員一開口就說：

「很抱歉，今天的炸雞賣完了。」

過了一會，店員送來炒麵。坐在沙發上的行天將炒麵端到由良面前，說了聲「吃吧」，彷彿這炒麵是他花錢買的一樣。

「你呢？」

「我不吃。」

由良畏畏縮縮地吃起了炒麵。雖然麵有點糊，味道有點淡，但還不算太難吃。

美紀、小文及小優似乎爲了防止行天有不軌之心，各自坐在門口及對講機附近，翻看著厚厚的歌本。

「由良大人，你也點一首吧。」三個女孩慫恿由良。

「我等一下再點。」由良從沒來過ＫＴＶ，完全不知道該怎麼做，所以決定先觀察一陣子。

「由良大人的舅舅，你要唱什麼歌？」

「我什麼歌都會唱。」

「眞的假的？那我隨便點囉。」

音箱傳出了《魔法公主》的主題曲。行天拿起麥克風，以站得直挺挺的姿勢縱聲高歌。雄渾的音量遠遠超過由良的預期，讓由良嚇得噴出了嘴裡的炒麵。雖然假音聽起來有點噁心，但音準確實分毫不差。

「好厲害！」

「笑死我了！」

三個女孩見行天瞇起眼睛，煞有其事地唱得陶醉不已，全都笑得東倒西歪，紛紛大聲喝采。

「搞不好會有星探找上門。」行天唱完後，對由良笑著說道。

接下來大約兩小時的時間，美紀、小文、小優及行天一首接著一首地唱個不停。只要是電視上常聽見的歌曲，幾乎都難不倒行天，就算是最新的流行歌也不例外。由良不禁有些驚訝。明明是個大叔，竟然對最新的歌曲也那麼熟。

「我只要聽過一次，大概就能記住。」行天說。

「而且我還可以故意唱得像完全不同的歌。」

爲了證明自己的本事，行天接下來故意把Mr. Children的歌唱成誦經風，把矢澤永吉的歌唱成民謠搖滾傾訴風，讓三個女大學生及由良笑到差點岔氣。

「由良大人，你舅舅超好笑！」

行天起身上廁所的時候，笑到眼眶含淚的美紀對由良說道。美紀的嘴唇就算喝了烏龍茶，還是一樣鮮豔油亮，看起來又紅又腫，簡直像是受了傷。由良凝視著美紀的嘴唇，心裡想著「那是什麼神奇的口紅」，但沒有問出口。只是點了點頭，應了聲「嗯」。

「由良大人，你也多唱幾首吧，不用客氣。」

小文將歌本遞了過來。由良觀察了好一陣子，已大概知道該怎麼做，於是點了《小浣熊》[22]

的主題曲。由良幾乎每天晚上都在補習班上課，很少看電視上的歌唱節目，因此對最近的流行歌手完全不熟。唯一能唱的就只有《世界名著卡通劇場》ＤＶＤ裡的卡通歌曲。沒想到這一唱，三個女大學生竟然驚聲尖叫。

「好可愛！」

「我第一次看到這種卡通！」

「這是什麼動物啊？」她們目不轉睛地盯著電視畫面。

由良不禁心想，妳們夠了喔，竟然連《小浣熊》也沒看過？

四人等了許久，聲稱去上廁所的行天都沒有回來。

「該不會自己先走了吧？那個大叔，一看就是個我行我素的人。」

小優的口氣中流露出幾分惋惜。

「我去廁所看一下。」由良起身說道。

「如果廁所找不到人，你就先回來我們這裡。」

「你應該沒有錢吧？我們會負責送你回家。」

「千萬不能跟奇怪的陌生人走，知道嗎？」

眞是太善良了。由良如此想著，同時對包廂裡的三人鞠了個躬，走出包廂後關上了門。

行天果然不在這一層樓的廁所裡。由良嘆了口氣，摸了摸放在褲子後側口袋的公車月票。

看來只能放棄那幾本漫畫，直接回家了嗎？

走廊的盡頭處有一扇安全門，由良臨走前決定碰碰運氣。打開安全門一看，門後是一座外牆階梯的樓層平臺，行天竟然就站在平臺上抽菸。只見他將書店的紙袋夾在腋下，腹部倚靠著樓梯扶手，上半身探出扶手外，令人不禁擔心他可能隨時會栽下樓。

由良走向行天。

「怎麼來得這麼晚？我唱得喉嚨都啞了，快走吧。」行天說。

由良心想，明明是你什麼都沒說就溜出包廂，怎麼講得好像是我遲到了一樣？由良的心頭再度燃起今天不知第幾度的怒火，但一想到行天並沒有拋下自己離開，又不禁有些開心。

等待行天把菸抽完的時間裡，由良也默默走向扶手。這裡是三樓，從樓層平臺往外望去，只能看見後街上的老舊綜合商辦大樓、電話俱樂部[23]的招牌，以及複雜而狹窄的巷道的一部分。

驀然間，由良看見一個男人從綜合商辦大樓走了出來。「咦？那個人不是……」由良忍不住將身體探了出去。

「你認識？」

「嗯……」

22《小浣熊》原名「あらいぐまラスカル」，是日本動畫公司依據美國作家史坦林．諾斯（Thomas Sterling North）的文學作品改編的卡通。

23「電話俱樂部」（テレクラ）是曾經流行於日本的特種行業形式。男女客人在店內能夠利用電話聊天，名義上爲媒介交友，實質上多淪爲性交易的溫床。

雖然距離有點遠，但那駝背的姿勢及削瘦的體格，應該是不會看錯才對。「那個人應該是在補習班教數學的小柳老師。」

小柳的臉上戴著一副老土的銀框眼鏡，年紀和行天差不多。平常總是一副畏畏縮縮的樣子，就算站在教室的黑板前，臉上也總是帶著怯懦的微笑。這個老師上課講解得很仔細，由良並不討厭他，但有些女學生覺得他很噁心。

然而如今走在巷道裡的小柳一改平日的低調，步伐相當輕快，神情雀躍地彎過了轉角。

「噢……」

行天將菸頭扔在樓層平臺上，以運動鞋踏熄。「我們跟蹤他。」

「爲什麼？」

「他剛剛從電話俱樂部走出來。電話俱樂部是幹什麼的地方，你應該知道吧？」

「大概知道……」

「搞不好可以用這個來威脅老師。」

「我成績又不差，威脅老師做什麼？」

由良吃了一驚，急忙想要阻止，行天當然是充耳不聞。

「好了好了，先別急著臭屁，我們快追上去。」

快追上去？問題是要怎麼追？由良又是一陣錯愕。樓層平臺與樓梯之間，被店家裝設了一道柵欄，柵欄上頭還纏繞著帶刺的鐵絲，似乎是爲了避免客人還沒有付錢就從外牆階梯逃走。

但是向來不知恐懼爲何物的行天，竟抓著樓層平臺的支柱，爬到了扶手上。

「這裡是三樓！」

「安啦。」

行天將屁股突出至半空中，從外側繞過柵欄，跳到柵欄後方的樓梯上。「由良大人，你也快過來，老師要走掉了。」

由良猶豫不決。雖然覺得太危險，但如果被行天說一句膽小鬼，那可是奇恥大辱。於是由良也緊緊抓著支柱，站到了扶手上。一想到這裡的高度，眼前不由得一陣天旋地轉。行天伸出手掌，抓住了由良的褲頭。

「我抓著，你放心。」

由良鼓起勇氣，站在扶手上移動身體，越過了柵欄。行天用力一拉，由良感覺整個身體被一股強大的力量拔了過去，下一秒已在樓梯上平安落地。雖然感覺褲子好像被鐵絲上的刺勾了一下，但現在沒有時間管那些小事。行天已沿著樓梯奔至一樓，進入了巷道內，由良也趕緊追了上去。

由良彎過轉角，進入了小柳剛剛進入的巷子裡。眼前的雜沓景色是由良從未見過的。巷子非常狹窄，兩旁擠滿小小的蔬菜店、文具店及居酒屋，人聲嘈雜，一股熱氣籠罩著整條巷子。由良從來不知道眞幌大街的巷道內竟然是這副模樣。

「泡沫經濟時期，這一帶的土地並沒有被建商看上，所以還保留著當年的樣子。」行天不斷往前進，就算遇上岔路，也沒有絲毫遲疑。不曉得他是憑藉著野生動物的直覺前進，抑或只是瞎猜。「你知道泡沫經濟嗎？」

「只知道一點。」

「我也只知道一點，反正是跟我完全無關的事。」行天笑著說道。

行天驀然停下腳步，由良的鼻子差點撞在他的背上。

「你怎麼突然……」

「噓！發現老師了。」

由良從岔路的陰影處將頭探出去，望向行天所指的方向。眼前的狹小範圍內，竟然有三間便利商店。小柳就站在其中一間便利商店的前方。

那個人果然是小柳老師。今天他不用到補習班上課嗎？但他身上穿著灰色西裝，打扮跟平常沒什麼不同。不知道為什麼，小柳老師身上的西裝給人一種舊時代的感覺，簡直就像上個世紀的人穿的，就連那西裝所呈現出來的灰色，感覺也是老土的灰色，完全不具現代感。啊，不過他今天打的領帶跟平常完全不一樣。由良從來沒見過小柳老師打那麼漂亮的紅色領帶。

一時之間，各種疑問閃過由良的腦海。

「老師站在那裡做什麼？」由良忍不住問道。

「那還用問嗎？」行天點了一根菸。「一定是跟女人約在那裡見面。」

果然正如行天所言，過了一會，一個女孩從眞幌大街的方向快步走來。那女孩除了裙子稍微短了一點，服裝及長相都沒有什麼出奇之處。女孩在便利商店前面繞了一圈，接著像是鼓起了勇氣，朝小柳說了一句話。小柳點點頭，兩人交談了兩、三句話，一起離開了便利商店前方。

「那女孩一看就知道未滿十八歲。」

行天露出奸笑，立即跟了上去。「現在開始執行仙人跳一半計畫！」

「什麼是仙人跳？」

「就是跟女人串通好，讓女人去誘惑男人，我們再算準時機出現，勒索那個男人。」

「那不是犯罪嗎？」

「犯罪又怎麼樣？不勒索你的老師，我們哪來晚飯可以吃？」

「話是這麼說沒錯……」

剛剛在KTV，只有自己吃了炒麵，由良一直感到過意不去，所以沒辦法嚴詞拒絕行天的建議。

「等等，你是什麼時候跟那個女人串通好的？」

「沒有串通，所以我才說是仙人跳一半。」

小柳與那女孩走到眞幌大街上，朝著JR眞幌車站前進。行天將菸頭拋進自動販賣機旁的菸灰缸。由於是星期六，逛街購物的人潮將整條大街擠得水洩不通。由良與行天小心翼翼地前進，一方面不能跟丟小柳與女孩，另一方面又不能被發現。

這種挖掘大人祕密的行爲，讓由良感覺異常興奮。小柳與女孩幾乎沒有交談，從車站建築的內部穿過，走向後站。

「由良大人。」行天忽然一臉嚴肅地看著由良。

「你在學校上過性教育的課了嗎？」

「怎麼突然問這個？」

由良光聽到這個問題，臉便紅了起來：「有啊。」

「那我問你，嬰兒是怎麼誕生的？一，鸛鳥托卵；二，濫採高麗菜[24]；三，避孕失敗。」

這大叔到底想表達什麼？由良忍不住想要猛抓自己的頭髮。後站是個相當糟糕的地方，這點由良早有耳聞。

「別再鬼扯了，我們走快點！」

由良搶先走在前頭。一走下車站階梯，道路的兩旁便是老舊的木造平房。每一間屋子都鴉雀無聲，似乎沒有人住在裡頭，但看起來又不像是遭到廢棄的空屋。每一間屋子都透著一股經常有人使用的氛圍，彷彿每到晚上就會理所當然地點起燈火。

這些房子是怎麼回事？由良心裡有點發毛。

走到道路的盡頭，過了一條河，來到一處放眼望去全是愛情賓館的地方。小柳與那女孩走到一棟米黃色牆壁的賓館前，看起了收費表。

「大白天就上賓館？」行天咕噥道。

「兩個人看起來一點也不熟，感情倒是發展得挺快。」

由良第一次近距離看到這麼多裝潢氣派的賓館，幾乎看傻了眼。有的看起來像城堡，有的看起來像西洋的樓房。有的外牆上鑲嵌了一頭口中不斷噴水的巨大獅子，有的屋頂上擺放了一尊自由女神像。每一棟建築物都經過精心設計，彷彿來到了遊樂園。由良感覺掌心全是汗水，趕緊擦在屁股部位的褲子布料上。

沒想到這麼一擦，由良發現了一件非常要命的事情。

「啊——」

由良才喊出聲，立刻被行天攔腰抱起，躲進附近一棟賓館的圍牆內。賓館的自動門以慢得可笑的速度開啟，同時響起了「歡迎光臨」的電腦語音。自動門完全等不到進門的客人，不一會又以慢得可笑的速度關上。

「要是被你老師發現怎麼辦？」行天躲在牆後，朝由良低聲說道。

「從現在開始禁止鬼叫。」

「對不起……」由良老實道歉。

---

24 歐美國家的父母向孩子解釋「嬰兒是怎麼來的」，傳統上最常見的兩種說法就是「鸛鳥送來的」及「高麗菜園長出來的」。

「可是我告訴你，我的月票套好像不見了。」

褲子後口袋破了一個大洞。多半是剛剛被鐵絲上的刺勾破的，由良直到現在才察覺。

「剩下的零錢跟公車月票都在那裡頭，這下子我回不了家了。」

「不會吧？」行天露出了愁眉苦臉的窩囊表情。

「手機呢？該不會連手機也沒帶吧？」

「手機在身上，但是沒電了……怎麼辦？」

「怎麼辦？你問我，我問誰？」

行天將頭探出牆外，朝那棟米黃色牆壁的賓館看了一眼：「看來只能跟你老師借錢了。」

就在兩人驚惶失措時，小柳與那女孩已不見人影。或許是進了米黃色牆壁的賓館，也或許是進了其他賓館，甚至有可能已經離開了這條街。

「由良大人，都怪你在緊要關頭突然大叫。」

行天將整條賓館街繞了一圈，沮喪地說：「我原本打算在他們進賓館之前，先把他們叫住。」

時間應該還不到下午五點，太陽卻已開始西沉。這意味著冬天快到了，由良的心情不由得多了幾分寂寥。

「看來……我們只能到艾姆希飯店去了。」由良說。

「我不要。」

「五點在艾姆希飯店，一定能見到便利屋大叔，我可以向他借錢。」

「我絕對不要。」行天說得斬釘截鐵。

隨著天色變暗，周圍開始亮起色彩鮮豔的霓虹燈。由良正無助地悄然佇立，忽然察覺視野的角落似乎有動靜。仔細一看，竟然是剛剛那個跟小柳走在一起的女孩。她從米黃色牆壁的賓館後門走了出來，身後還跟著三個年輕男人。四個人走得相當匆忙，似乎很害怕被人看見。

「行天，你看！」

由良指著那四個人，行天一眼就看出不對勁，整個人彈了起來，宛如一匹死而復生的幼馬。

「運氣眞好！我們遇上了眞正的仙人跳！」

由良還來不及阻止，行天已朝那三個男人跑了過去，大喊：「你們向老師勒索來的錢，分我一些吧！」

三個男人都嚇得有如驚弓之鳥，各自擺出架勢。

「這傢伙是誰啊？」

「喂！快逃！」

被這麼一喊，女孩立刻拔腿往車站的方向逃竄。行天瞧都沒瞧女孩一眼，繼續與三個男人交涉：「不用太多，夠吃一頓晚飯就行了。」

三個男人都沒有答話，只是瞪著行天，小心翼翼地保持著距離。

「如果你們不願意，不然十圓也行，好讓我打一通電話。」

怎麼越講越小家子氣了？由良嘆了口氣，躲在牆角觀察局勢變化。就在這時，小柳從賓館正門走了出來。只見他步履蹣跚，身上西裝凌亂，臉頰又紅又腫，似乎是挨了幾拳。由良猶豫了數秒，決定奔上前去。

「小柳老師！」由良喊道。

後門的方向持續傳來行天與男人們的爭執聲。「幹掉他！」一個男人殺氣騰騰地喊道。

「哎，不要這麼衝動。眞的只要十圓，我保證。」行天慢條斯理地說。由良雖然關心行天的安危，但要化解眼前的危機，只能找小柳老師幫忙了。

小柳聽見呼喚聲，戰戰兢兢地停下腳步，回過頭來。由良急忙奔到小柳面前。

「你不是田村同學嗎？」

小柳流露出一副膽怯的神情，一對眼珠在眼鏡後頭隱隱顫動。「你怎麼會在這裡？」

沒有時間詳細解釋了。

「老師！你是不是遇上了仙人跳？我的朋友在那邊和他們吵了起來……」

請趕快打電話報警，順便借我兩百三十圓搭公車回家！

由良才說了一半，後半段的話全鯁在喉嚨，說不出口。因爲小柳緊緊揪住了由良的領口，而且力氣大得驚人。

「你跟他們是一夥的吧？」由良被勒住咽喉，一時驚愕又痛苦，幾乎無法呼吸。

「你這小鬼，以爲這樣就能夠勒索我嗎？太小看我了！」

爲什麼我得遇上這種鳥事？

「行天！行天！」

由良扯開喉嚨大喊。一陣腳步聲彎過轉角，朝自己靠近。緊接著由良感覺到一條強而有力的手臂抱住了自己的腰際。那種感覺就跟剛剛被拉進牆後時一模一樣。是行天！

下一秒，行天的一發右直拳打在小柳臉上，小柳登時仆地不起。

「你還好吧？」

「嗯。」

由良以顫抖的雙腿努力踏穩地面，裝出一副「這沒什麼大不了」的態度。行天若無其事地甩了甩右手腕。他的左手依然拎著書店的紙袋。

「那三個人呢？」

「輕輕摸了兩下。」

行天說得彷佛一切只是舉手之勞。他以運動鞋的鞋尖在小柳的腹部輕輕一踢：「老師，你怎麼可以對學生施暴？麻煩你反省一下。」

小柳躺在地上點了點頭。

「反省了嗎？」

行天蹲在小柳身邊，說：「爲了證明你已經反省了，能不能借我十圓？」

小柳想要說話，卻噴出了嘴裡的鮮血及牙齒斷片。

「哇！不要噴到我！」

行天彎下腰，將耳朵湊到小柳的嘴邊。「你想說什麼？」

「我身上哪有錢？」小柳有氣無力地說。

「我的錢包被那些傢伙搶走了。」

「你這麼說也對。」

行天站了起來，急忙奔向後門。由良也趕緊跟了上去。跟小柳在一起，不如跟行天在一起。

那三個年輕男人早已逃得不知去向。

「唉……」行天再度表現出一副垂頭喪氣的樣子。

「我才摸了他們兩下，就聽你突然大叫，只好趕緊跑了過來。我不是說過禁止鬼叫嗎？」

由良低頭一看，地上到處是深紅色的液體，似乎是那三人流下的鼻血。

當初還說什麼「說謊是不好的行爲」，眞是見鬼了。這傢伙打架厲害得跟什麼一樣。

「對不起。」

由良老老實實地道了歉。

艾姆希飯店的孔雀廳裡，聚集了約八十個人，有男有女。這是一場簡餐形式的同學會，衆人隨意走動，氣氛漸入佳境。大家各自找到當年交情較好的同學們，東一群、西一簇聚在一起閒聊。

「由良大人，上吧！」

行天帶由良溜進會場，將由良推往人群聚集的方向。「多田一定在某個地方。」

「我自己去？」

放眼望去全是陌生的大人，由良有些不安，轉頭望向行天。沒想到行天竟然已經移動到牆角，而且面對著牆壁。在一般的情況下，聚會的場合假如有人面對牆壁站著不動，反而會相當醒目，但行天不知是怎麼做到的，竟然能完全消除自己的存在感，化身爲柱子的陰影。

由良心想，天底下要找到這麼怪的怪咖，恐怕還不容易。

到了這個地步，也只能硬著頭皮上了。由良只好在會場內走來走去，逐一檢視聚在一起閒談的小團體，想把多田找出來。

「咦？這是誰的孩子？」

「如果我有孩子，應該也差不多這麼大了吧。」

有幾個大人向由良搭話，由良全靠臉上的笑容敷衍了過去。

「由良大人！」多田發現了由良，走過來問道：「你怎麼會在這裡？」

「多田，這是你兒子？」

一個看起來相當活潑的女人又驚又喜地說。轉眼間，由良已經被多田的高中同學包圍了。

「不是，你們誤會了。」

多田臉上的笑容帶了幾分苦澀：「我跟這孩子只是因爲工作的關係而認識。」

「對了，聽說你在經營便利屋？」

「我剛剛拿了宣傳單。」

「下次我也來委託看看。」

同學們聊起便利屋的話題，多田一一客氣回應之後，才帶著由良離開人群。

「你被行天糾纏到現在？」

「嗯，是啊。」

「眞是抱歉。」

對於沒能阻止行天的荒唐行徑，多田似乎打從心底過意不去。「來都來了，吃些東西再走吧。」

多田取來一個盤子，迅速盛了一些菜餚。由良狼吞虎嚥地吃了起來。

「你好像很累。」多田說道。

「一言難盡。」由良裝出大人的口氣。

「公車車票跟錢都掉了。」

「我送你回公園之丘社區。我喝了點酒沒辦法開車，不過沒關係，我們一起搭公車。」

由良不想麻煩多田送自己回家，趕緊搖頭說：「不必了。你們的同學會還沒結束，不是嗎？只要借我兩百三十圓，讓我搭公車就行了。」

「你不用跟我客氣。」

多田在由良的背上輕輕一推，走向孔雀廳的門口。「對了，把你搞得這麼狼狽的罪魁禍首在哪裡？」

由良伸手指向牆壁。行天跟剛剛一樣面對著牆壁，完全背對會場。但此時的他，手上竟多了一杯啤酒。

「行天從中午到現在什麼也沒吃。」

「你不用擔心，他這個人本來就不太吃東西。」

「眞的嗎？」

一個打架這麼厲害的人，怎麼可以不吃東西？

「是啊，便祕的日子除外……」多田一句話沒說完，突然停下了腳步。

由良微感納悶，抬頭一看，多田正凝視著牆壁的方向，臉上的表情相當凝重。

一個男人走向站在牆邊的行天。男人臉上帶著和善的表情，從背後看著堅持不肯將頭轉過來的行天。

「你……是行天吧？」男人小心翼翼地詢問。

由良與多田所站的位置距離牆邊不到兩公尺，所以雖然會場內相當吵鬧，兩人還是聽得見男人的說話聲。

「今天能夠見到你眞的是太好了，我一直掛心當年的事情……你的手指還好嗎？」

由良心想，那男人口中所說的「手指」，指的應該是行天的右手小指吧。行天沒有答話，將拿著杯子的右手靜悄悄地沿著身體往下垂。站在由良身邊的多田，表情也相當僵硬。

男人見行天沒有回應，五官逐漸扭曲，哭喪著臉。

「當年因爲我的不小心，讓你受了這麼重的傷……眞的很抱歉。」

男人對行天深深低頭鞠躬。行天的肢體動作逐漸變得不知所措。他改變了身體的方向，在會場內左右張望，似乎是想要尋找救兵。最後他的視線停留在多田與由良的身上。

由良也不明白，爲什麼自己能接收到行天所發出的求救訊號。彷彿有一縷微弱的星光，在前方指引自己應該怎麼做。由良奔向行天，取下行天右手的杯子，接著輕輕握住了行天的小指。或許是因爲一直拿著冰涼的啤酒杯，行天的小指異常冰冷。

「不用擔心。」由良代替行天說道。

「他今天才用這隻右手撂倒了四個男人。」

男人見由良忽然湊了過來，一臉詫異。

「你是？」

「我是他的外甥。」由良說。

「我舅舅是個怪咖，他雖然不說話，其實心裡想著『不必放在心上』。舅舅，你是這樣想的，對吧？」

行天看了看由良，又看了看男人，明確地點點頭。男人這才露出鬆一口氣的表情。

「原來如此。」男人微微一笑：「謝謝你。」

由良拉著行天的小指，將行天帶出了孔雀廳。

「一整天胡言亂語，怎麼到了該說話的時候，反而悶不吭聲？」由良抱怨道。

「我用光了所有的力氣。」行天以沙啞的聲音說。

「沒想到唱歌是件這麼耗費體力的事。」

「誰叫你不吃東西。」

多田從後頭追上來，將手裡的一片雞蛋三明治硬塞進行天的嘴裡。「由良大人，你先用我的手機打電話回家。」

多田從口袋取出手機，放在由良的手上。

「不用打了啦，反正我等等就回家了。」

就算回家的時間稍微晚了一點，父母親也不會在意，由良早已習慣了。

「不行。」多田嚴肅地說，穿過艾姆希飯店的入口大廳。

「時間這麼晚了，孩子還沒有回家，父母一定會擔心。何況我們等等還得先去一趟派出所才行。」

「派出所？去派出所做什麼？」

「你不是把公車月票和錢搞丟了？到派出所登記一下，或許有機會找回來。」

在多田的催促下，由良與一臉倦懶地咀嚼著三明治的行天一同跟隨在多田身後。行天好不容易願意歸還的書店袋子，此時由良正小心翼翼地抱在懷裡。

夜空中懸浮著一輪明月。

月票找得回來嗎？那張月票的有效期限還有四個月左右，而且月票套用起來很方便，自己非常喜歡。如果找不回來，母親一定會很生氣，說出「你這孩子眞是沒用」之類的話。

但願可以找回來。由良在心中祈禱著。但我的運氣向來很差，光是今天一天，我就不知遇上了多少倒楣事。

由良長嘆一聲，試著說服自己放寬心。假如眞的找不到，那也沒有辦法。

至少我今天去了使用公車月票絕對無法抵達的地方，經歷了平常絕對無法經歷的遭遇，而且平安回來了。

大人的世界眞是一言難盡。

月光在地面上描繪出三道長長的黑影。由良走在眞幌大街上，看著行天、多天及自己的影子，不知道爲什麼，內心感覺到分外滿足。

逃走的男人

前陣子接到的委託工作大多是清除庭院裡的野草，或是更換紗窗、紗門之類。這陣子卻大多是清除阻塞在雨水槽內的落葉，以及整理倉庫。

每年到了十一月下旬，民衆的腦海漸漸開始浮現「大掃除」這三個字。還沒進入一年之中最繁忙的十二月，多田便利軒便已呈現工作應接不暇的盛況。不管走到哪都會聽見「日子過得眞快，一年又要結束了」這種不知是祝賀還是感慨的話。

沒錯，日子過得眞快。多田如此想著。

而且年紀越大，時間前進的加速度越是驚人。依照這種速度，不免讓人擔心過了五十歲的三天後，就會以九十八歲的高齡壽終正寢。假如每天都過得渾渾噩噩，很可能一回神，就發現已經一條腿踏進了棺材裡。多田是個沒有強烈野心的人。每天辛勤工作，爲的就只是讓孑然一身的自己三餐溫飽。即便如此，心中偶爾還是會浮現「我是不是該振作點」的想法。

這次過年，意味著多田便利軒收留行天已整整滿兩年。

多田與行天的關係，並不是家人或情人，甚至連朋友也稱不上。充其量不過是高中時的同班同學，而且還是沒辦法好好溝通的那一種。在這個地球上，有哪個人類會收留這種對象長達兩年？光是這一點就足以證明自己的渾渾噩噩已經過了頭。

過去自己努力工作，只需要塡飽一個肚子，如今卻需要塡飽兩個。行天那個人在工作上的貢獻，甚至不到一般員工的一半，這意味著自己就像是多扶養了一個人。不管怎麼想，這實在太不公平，讓人完全無法接受。

此時多田的腦海，浮現的是一整天揮汗工作的辛勞。

雖然明知道爲時已晚，多田還是決定要與行天好好談一談。

原本已經躺在床上準備睡覺的多田，鞭策著痠疼不已的身軀，勉強從床上爬了起來。拉開掛簾，朝事務所的會客區喊道：「喂！關於未來的規劃……」

本來想要接「我們得談一談」，卻沒能說出口。因爲行天平日睡覺的沙發上竟空無一人。不知道爲什麼，行天竟然鑽進接待客人用的矮桌底下，正以優雅的速度做著伏地挺身。

「一百零七、一百零八……」行天數得正開心，忽然聽見多田的聲音。「什麼規劃？」

他像隻鱷魚一樣爬出矮桌，跪坐在昏暗的事務所地板上，仰頭看著多田。

多田維持著剛拉開掛簾的站姿，整個人僵住了。

「你在幹什麼？」

「伏地挺身。」

這任何人都看得出來。

「爲什麼在矮桌底下做？」

「我發現了一個能夠持續做的祕訣，那就是找一個就算不想做了，也沒辦法立刻站起來的地方。」

行天露出得意洋洋的表情，再度像鱷魚一樣趴在地板上原地退後，直到腰際以下都進入矮桌下方空間。這次他做起了背肌運動。

可以不要嗎？多田在心中吶喊著。自己半夜睡覺的時候，附近竟然有個男人正在做伏地挺身及背肌運動。一想到這點，多田便感覺背脊發涼。

多田小心翼翼地走到沙發坐下，看著行天的後腦勺在矮桌的邊緣處上下擺動。

「怎麼突然開始鍛鍊身體？」

難道他是打算提升體力，好在工作上發揮一己之力？

「最近我感覺戰鬥能力變差了。」

行天或許是認爲應該看著多田的臉說話，他翻過身，開始做仰臥起坐。「一定是因爲我除了喝酒還吃三餐的關係。」

「你只是年紀到了而已。」

又不是士兵或格鬥家，爲什麼要鍛鍊戰鬥能力？與其提升戰鬥力，不如提升工作的意志力。如果認爲自己變胖，首要之務應該是戒酒。

想說的話很多，多田卻只長嘆了一聲。原本想要討論未來的規劃，現在看來也沒有必要了。

反正我就是個注定要窮一輩子的人。被行天這種人賴在家裡不走，沒有辦法存錢，只能忍受著腰痛咬牙工作，過著每天只能勉強塡飽肚子的生活。

還是睡覺吧。至少睡覺能夠消除一些疲勞，明天早上醒來，能夠有煥然一新的心情。

「累了就休息，不要太逞強。」

原來「頓悟」與「自暴自棄」只是一線之隔。這個獨家的新發現，讓多田感慨地頻頻點頭。當多田站起來時，行天的視線也跟著移動。

「你腰痛？」行天問道。

「這已經是職業病，治不好的。」

「你得提早爲這個變化採取因應的對策才行。」

多田正要拉開掛簾，突然聽行天說得煞有其事，不由得停下了動作。行天依然做著仰臥起坐，多田看著行天的背影。

「什麼意思？」

「你的腰痛應該是上了年紀的關係。過了三十歲之後，假如不採取因應對策，肌肉就會逐漸變成霜降肉，而且上頭的霜還會越來越多。」

謝謝你的雞婆。

多田鑽進掛簾內，雖然心頭發火，還是小心翼翼地爬上床，避免弄疼了自己的腰。

爲什麼行天會在三更半夜鍛鍊身體？到了隔天，謎底終於揭曉了。

多田帶著行天到東急手創館購買打掃工具，回到站前的南口圓環，剛好看到星迎面走來。一個多田也見過的彪形大漢跟在星的身後，簡直像條強壯的忠犬。

「喂，賣糖的！」行天一看見星，立刻興高采烈地奔了過去，手上的購物袋發出叮咚聲響。

「我的伏地挺身能做到一百次以上了！」

星停下腳步，輕輕一揮手，命令忠犬退開。

「仰臥起坐跟背肌運動呢？重量訓練的重點不在於次數，而是保持身體平衡，把動作一次一次確實做好。」

「那我改成每種各做五十次。」

「嗯，你都吃什麼樣的蛋白粉？」

「蛋白粉？我沒吃那種東西。」

「想要快速長出肌肉，最好還要搭配蛋白粉。現在市面上有各種口味的蛋白粉，一點也不難吃。還要注意一點，當體脂肪率下降時，容易出現貧血症狀，所以要搭配能夠補鐵的健康食品。」

「我可沒有錢買那種東西。舔鐵釘行嗎？」

這是怎麼回事？行天什麼時候和星變成了好朋友？多田站在遠處，吃驚地看著行天與星你一言我一語地說個不停。星的忠犬在一旁看著行天，臉上滿是懊惱與羨慕之色。

星不斷說著關於訓練與健康食品的知識，行天聽得相當認眞，不時點頭回應。

這麼努力鍛鍊肌肉，到底有什麼好處？多田滿心狐疑地想著。你們的體能與力氣原本就遠遠超越一般人，何必特地鍛鍊？

要是行天變成肌肉男，每天的餐費可能會暴增。基於這個緣故，多田並不希望行天太過熱衷於重量訓練。不過反正行天多半只是三分鐘熱度，多田也不想理會。

就在多田打算告訴行天「我先走一步」時，工作褲口袋裡的手機忽然響了起來。聽那鈴聲，似乎是打到事務所的電話被轉到手機。多田走到圓環的角落，按下通話鍵。

「你好，這裡是多田便利軒。」

「我想委託你們幫忙整理遺物。」電話另一頭傳來女人的說話聲。

「不知道你們接不接這樣的工作？」

在各種委託工作中，整理遺物算是特別棘手的。多田一邊想著，一邊低頭看著一隻肥胖的鴿子走過自己腳邊。從這女人的聲音聽起來，年紀應該和自己差不多。這代表過世者很可能是女人的父母或祖父母。

自己的親人過世，卻找便利屋來處理遺物。這很可能表示過世者與委託者的關係並不好。多田過去曾接過三次整理遺物的工作，都不是什麼愉快的經驗。

鴿子微微振翅飛起，懶洋洋地落在圓環連接通道的扶手上。

「接是可以接，但原則上我們希望有家屬在場。」

「是嗎……」

女人遲疑了一會，接著又以堅定的口吻說：「好，沒問題。你們什麼時候可以過來？」

「最快的時間是明天下午兩點至四點。」

「兩個小時就可以搞定？」

「不一定，得看狀況。」

多田在腦中確認這幾天的工作行程，說：「後天的傍晚六點之後也有空。」

「我想盡快把這件事情搞定。不然我就先預約明天下午兩點，以及後天晚上六點至九點。就算你們提早完成，我也會支付五個小時的費用。」

「好，沒問題。」

多田在口袋中一摸，只摸到了原子筆，卻沒有紙。此時行天已結束與星的對話，正站在旁邊看著自己。多田於是朝行天招招手。

「請問地址是？」

多田將地址寫在行天的雙手手背上。

真幌市成子町五—四—二　櫻花公寓二〇三室

「明天下午兩點，我在公寓門口等你。」女人接著說道。

「我的名字及電話號碼是……」

多田寫下了「柏木亞沙子」這個名字。行天舉著雙手，乖乖站著不動。星不知何時也來到旁邊，看著行天手背上的字。

多田掛了電話，見星站在一旁欲言又止，便問：「星，有什麼問題嗎？」

「什麼問題都沒有，便利屋。」星微微一笑。「我只是覺得你接的這委託工作挺有意思。金井，走了。」

臨走前，星又對行天補了一句「別忘了搭配伸展操」，才帶著他的忠犬消失在人海中。多田與行天則回到事務所。

「你連整理遺物這種工作也接？」

「嗯，偶爾。」

「行程表滿到沒有時間休息……」

平常說休息就休息的行天，竟然厚臉皮地提出了這樣的抱怨。而且他接著說出口的竟然是：「今年該買什麼樣的門松呢？按照今年的景氣狀況，應該可以比去年更大一點。」

「拜託你別再買門松了。如果有多的錢，我寧願拿來買冷氣。」

「爲什麼你的臉色看起來很憂鬱？」行天歪著頭問道。

「因爲剛剛那委託人的聲音聽起來很開朗。」多田說。

不好的預感果然最準。隔天下午兩點十五分，距離約定的時間已經過了十五分鐘，柏木亞沙子還是沒有出現在公寓門口。

發財車就停在公寓的前庭，多田仰靠著車斗，抽完了第二根菸。行天則站在車斗內，依照星所教的，做起了伸展操。只見他一下彎腰，一下扭臀，好一會之後，他似乎等得不耐煩了，朝多田說：「打電話問問看吧。」

多田於是打起電話。每隔五分鐘打一次，每次響到第十五聲就掛斷。直到第三次，柏木亞沙子才接起電話。

「喂？」

「我這裡是多田便利軒。」

「哎唷……」

原本焦躁的聲音，突然變得輕柔。「眞糟糕，已經兩點半了。對不起，我因為工作的關係，今天趕不過去。你們先開始吧，我明天一定會到。」

「我昨天說過，必須有家屬在場才行……」

「工作的內容一點不麻煩，只要把屋裡的東西全部丟掉就行了。」

「請問妳什麼時候可以過來？如果今天晚上方便的話，我們可以改約今晚。」

「我這邊工作結束，應該已經超過晚上九點了。」

多田舉起沒拿手機的手，揉了揉自己的肩頸。以現在的體力，實在沒辦法撐到那麼晚。

「請問鑰匙在哪裡？」

「二〇三室前面有個瓦斯錶，鑰匙用膠帶貼在那後頭。」

「好吧，我明白了。」

多田掛斷電話後嘆了口氣，踏上公寓的生鏽階梯。

「只要委託人是女的，不管拜託你什麼事，你大概都會答應。」

行天從車斗上輕巧地跳了下來，跟在多田身後。

雖然是相當老舊的公寓，但二樓似乎每一戶都有人居住，並沒有空室。站在外廊放眼望去，共有四扇合板門，有的門口擺著盆栽，有的前方欄杆晾著腳踏墊，有的持續傳出電視節目的聲音。

唯獨從走廊盡頭數來第二間的二〇三室一片死寂，沒有任何活人住在裡頭的跡象。看來柏木亞沙子另有住處，並不與過世者住在一起。

回想起來，委託人連合約也還沒有簽。多田忍不住又嘆了一口氣。要是清理完遺物，委託人卻躲了起來，不肯支付費用，該怎麼辦才好？

隔著毛玻璃，隱約可看見廚房擺著瓶瓶罐罐的調味料。多田從瓦斯錶的後方取下鑰匙，打開了玄關門。

「哇……」一看見屋內的景象，多田忍不住發出了驚呼。

「啊娘喂……」行天從多田的身後探頭一看，也忍不住發出驚呼。

首先映入眼簾的，是數量驚人的盆栽雜誌，全都堆放在廚房的牆邊。看起來像是從中古書店一口氣買下所有期號的雜誌，從新到舊都有，總數約有三百本，堆放得整整齊齊。

接著多田踏上蒙了一點灰塵的屋內地板，拉開廚房與起居室之間的拉門。後頭的起居室兼寢室有六張榻榻米大。東西擺得整整齊齊，除了鋪在地上沒有收起的棉被及墊被有些凌亂，整個空間幾乎由直線所構成。

最麻煩的問題是東西實在太多了。

棉被及墊被底下的榻榻米地板只留下了約三十公分的通路，其它空間全都被大量物品占據。一疊疊報紙，每一張都摺疊得分毫不差，再以繩索緊緊綁住，看起來像是一塊塊龐大金屬塊。另外還有好幾十本與經營相關的實用類書籍，全部以書店的紙張包著[25]，紙上以非常工整的字跡寫著書名。除了這些，還有裝著扁平彈珠的小布袋，以及依照顏色分類的火柴盒小汽車陳列盒。

多得數不清的物品，按照只有屋主才知道的規則分門別類，收納在袋子或箱子內，堆放在榻榻米上。整個房間簡直就像一座從來不曾有人參觀的寂寥博物館。空出來的通路非常筆直，簡直像是用尺量過。

「或許屋主是睡覺睡到一半，身體突然出現什麼異常狀況，被送上了救護車。」

「我們要負責清掉這所有的東西？」行天看著堆滿各種空瓶的房間角落。

或許因為東西太多，空氣中布滿了灰塵。行天或許是希望灰塵盡可能不要進入口鼻之中，說話時完全沒張嘴，簡直像在表演腹語術。

「不能乾脆把這整個房間燒掉？」

要清空這整個房間的東西，恐怕相當費時費力。光是要區分清楚可燃垃圾與不可燃垃圾，恐怕就得耗費不少精力。多田忍不住長嘆一聲。打開壁櫥，裡頭吊著全套西裝、領帶及運動衫。似乎就連運動衫也用熨斗熨燙過，每一件都非常平整。襯衫更是宛如使用了厚紙手工型板，全部都摺疊成相同尺寸，沒有絲毫誤差。

看來屋主不僅有蒐集破銅爛鐵的癖好，而且神經質到病態的程度。若要用一句話來形容這個房間，或許就是「隱含完美秩序的渾沌」吧。不管觸摸什麼，都讓人心驚膽戰。

多田不禁想，假如把一個人的內心具體呈現出來，大概就會是這個樣子吧。只囤放自己感興趣的事物，而且一切的整理行爲都只是爲了滿足自己。

大多數住家應該都有接待客人用的茶杯或玻璃杯，以及儲備的罐頭。如果棚架上的東西擺得淩亂不堪，通常會以圖釘釘一塊布，讓人看不見布後的樣子。但在這間房間裡完全看不到類似這樣的常識、習慣或介意他人目光的外表修飾。沒有大量囤放的衛生紙，也沒有在商店街拿到的便宜小圓扇。這類每個家庭應該都有，但少有人關心的東西，在這裡都看不見。

取而代之的是大量雜物，依照他人所無法理解的美感規則整齊擺放。這多得數不清的雜物，宛如脫離了持有者的完美統御，在房間中大量溢出，流露出叛逆的一面，只爲了暴露居住者那蕭瑟冷清的欲望與無所作爲。

一直看著房間唉聲嘆氣也不是辦法。打掃沒有開始就永遠不會結束。多田下定決心，戴上

---

25 日本的書店在賣出書本的時候，爲了避免書本弄髒，會以紙張將書本的封面包住。

工作手套，以及爲了因應這種情況而特地準備的口罩。

「總之先把雜誌都搬出去吧。」

接下來的一個半小時，多田與行天一邊對抗瀰漫在空中的微小塵埃，一邊埋頭苦幹。

行天負責雙手各提一疊以塑膠繩固定住的雜誌，往來於公寓房間與發財車，將所有雜誌都放到車斗上。

「你辛苦鍛鍊肌肉，不就是爲了這一刻？」

行天本來很討厭這種勞累的工作，但在多田的逼迫下，也只能照做。在這段時間，多田則拆下床單，將棉被與被墊捲起後牢牢綑綁住。棉被裡的棉花因爲潮溼而異常沉重，看來屋主雖然神經質，但是對曬棉被並不感興趣。

爲了透氣，多田嘗試打開房裡那扇高度在腰際附近的窗戶。明明拉開了鎖釦，窗戶卻打不開。仔細一瞧，不僅窗框嚴重歪斜，而且不鏽鋼材質的窗軌上布滿了白鏽。

過世者生前過的到底是什麼樣的生活？難道就只是整天窩在房間，分類著那些雜七雜八的廢物，連窗戶也不開？

多田放棄開啟窗戶，離開了窗邊，站在移去了棉被與墊被所多出來的空間。就在這時，多田察覺房間裡有個櫃子。由於遭大量雜物埋沒，直到此刻多田才發現那個櫃子。多田一邊用腳推開雜物，一邊看著房間裡唯一的家具。

那是一個相當氣派的櫃子，高度和多田的身高差不多。屋主生前似乎很少使用它，黑色門把上積滿了灰塵。由於櫃子前方堆放著大量排列得整整齊齊的雜物，導致抽屜拉不開。這座完全被雜物包圍的櫃子，不僅讓人看不出它整體的模樣，而且絲毫沒有存在感。

首先得將地上那些雜物清掉才行。

多田吩咐行天從發財車上取來大量垃圾袋及打包用的繩索，正式動手進行雜物的清除作業。至於行天，多田則逼迫他負責清理廚房。不知道爲什麼，光是醋就有好幾瓶不同的種類，行天必須打開每個瓶子，將內容物倒入流理臺的水槽，然後將空瓶放入垃圾袋。

以五圓硬幣堆砌成的龜、鶴擺飾物。多達好幾本的藍色資料夾，裡頭全是從雜誌上剪下來的「美味餐廳特輯」文章。一整個紙箱，裡頭放著大量的破洞襪子，每只襪子都被捲成圓球狀。

每一種雜物都是如此天馬行空，毫無脈絡可言，偏偏又整理得相當整齊。多田在清理的過程中，內心逐漸累積了難以言喻的煩躁感。屋主到底是個什麼樣的人，到現在依然完全沒有頭緒。雜物的種類實在太過五花八門，看不出屋主的眞正興趣。偏偏又找不到日記或相簿之類，能夠更貼近生活的東西。

驀然間，一隻全身泛著光澤的「黑色蟲蟲」，出現在多田的視野角落。多田不禁感到相當佩服。這蟲蟲竟然能夠生存在這個宛如「末日博物館」的房間裡。由於那蟲蟲出現得太突然，多田一時找不到合適的東西可以將牠打扁。

就在多田左顧右盼的時候，黑色蟲蟲爬出了榻榻米房間，進入行天所在的廚房。行天竟然以戴著工作手套的手掌直接抓起蟲蟲，打開玄關門，將蟲蟲扔出門外。

這意料之外的處理方式，讓多田一時看傻了眼，站在原地動也不動。大量的灰塵與雜物，似乎也耗光了行天的耐心。他接著將摧殘的目標從蟲蟲轉移到窗戶上。

「爲什麼不開窗？」

行天只使用左手，靠著一股蠻力，將廚房及榻榻米房間的窗戶一一拉開。那令人毛骨悚然的金屬摩擦聲，簡直就像地獄裡的油鍋鍋蓋被人推歪了的聲音。

那是什麼不科學的怪力？這傢伙的重量訓練會不會做得太過頭了？

榻榻米房的窗戶外頭有一片小小的盆栽放置空間。房間裡明明堆滿了盆栽雜誌，窗外卻連一個盆栽也沒有。

「眞是累死人的一天。」

兩人終於完成了一整天的工作，多田開著發財車返回眞幌站前。

「明天還得再死一次。」行天難得表現出心中的不悅。

「整理遺物的工作要是最後收不到錢，你可別怪我變身成大魔神。」

「你放心，我會跟你一起變。」多田點頭說道。

「多田，問題是你知道那個委託人住哪嗎？」

「不清楚。」

「柏木亞沙子絕對不可能住在那種連鬼也不敢住的鬼屋裡，你得先想辦法問出她現在的住址才行。」

「我知道。」多田雖然嘴上這麼說，但那個自稱柏木亞沙子的女人似乎將手機關機，根本打不通。看來這工作八成收不到錢了。

話說回來，行天竟然會記得委託人的姓名是「柏木亞沙子」，這簡直令人不敢相信。直覺向來有如野獸一般敏銳的行天，竟會如此反常，那代表什麼意思？難道是行天的心中產生了身爲便利屋的自覺？不可能，絕對不可能。如果說是世界末日的徵兆，那還有點說服力。

「不，你根本什麼也不知道。你這個人就是做事不夠精細，才會犯下這種粗淺的錯誤。」

針對這一點，多田確實也在反省。但被行天指正，還是讓多田相當不爽。多田決定當作沒聽見，自顧自地開著車，一句話也不說。沒想到行天竟然伸手摸向多田的屁股，從那狹窄的縫隙間抽出口袋裡的手機。

「喂！你幹什麼？」

「昨天那個賣糖的，你看他的反應，難道沒有察覺嗎？他一定知道柏木亞沙子的底細！」

行天擅自在多田的手機上按了幾下，然後將手機舉到多田耳邊：「打電話問他不就得了？」

不行，絕對不行！多田在心中吶喊。一旦欠那傢伙人情，事後不曉得會被要求什麼樣的回報。但多田還來不及拒絕，手機竟已傳出星的說話聲。原來行天早已撥出了電話。

「便——利——屋——！你這通電話要是沒有要緊的事，我一定會將你大卸八塊！」星的低沉恫嚇聲迴盪在車內。

「喂！你聽見了嗎？你他媽打給我還不說話，是在耍我嗎？」

「星，對不起，打擾你了。」多田趕緊將車子停在路邊，從行天手中搶下手機。

「昨天我們在南口圓環遇上你，當時我接到一通委託工作的電話，你還記得嗎？那時候你的反應，好像知道那個委託人柏木亞沙子的底細？」

「怎麼，你不知道柏木亞沙子是誰？」

「不清楚。」

「便利屋，原來你連報紙也不看？」星笑了起來。這一笑，更增添了多田心中的不安。

難道……那個將櫻花公寓二〇三室搞成博物館型鬼屋的人物（多半是柏木亞沙子的親人），是在那個房間裡遭到了殺害？雖然多田完全沒聽說眞幌最近發生了凶殺案，但由於自己從不看電視新聞，也沒訂報紙，所以是不是眞的沒有凶殺案，自己也沒有什麼把握。難道……委託人其實是正在逃亡中的殺人凶手？

「你想問柏木亞沙子的什麼情報？」星問道。

「暫時只要知道現在的住址就行了。」多田忐忑不安地說。

「等我三分鐘。」

多田只好坐在發財車的駕駛座上，拿著切斷了通話的手機，靜靜等著。其他車輛的車頭燈光芒，不斷自車窗外流竄而過。行天坐在副駕駛座上默默抽著菸。

當手機響起鈴聲時，剛好過了三分鐘，一秒也不差。

「松丘町三丁目十三之一。」星說道。

行天將真幌市的地圖遞了過來，多田以牙齒咬下原子筆的筆蓋，在該地址的位置打了個圈。松丘町是真幌市內的高級住宅區，其中的三丁目更是大坪數豪宅的集中地段，多田也曾因為工作的關係而去過數次。住在松丘町三丁目的委託人，與住在六張榻榻米大公寓房間的過世者，實在很難讓人聯想在一起。

「星，這個柏木亞沙子到底是什麼來頭？」

「你聽過『真幌廚房』吧？」

「當然。」

真幌廚房是以真幌市為主要據點的連鎖餐廳，據說原本是一家開在真幌大街上的小小西餐廳，如今分店多達十二、三間，其勢力已跨越了龜尾川，進入神奈川縣。

多田就讀高中的時候，曾去過總店「真幌廚房西餐廳」兩次。價格平實且餐點分量十足，吸引了不少學生及上班族上門消費。不過在企業連鎖化上了軌道之後，總店就收掉了，該店面如今變成了一家通訊行。

「柏木亞沙子現在是真幌廚房集團的社長。過去她是社長的妻子，職位是專務董事。社長在兩個星期前突然過世，由亞沙子繼任社長。前任社長叫柏木誠一郎，六十八歲。附帶一提，亞沙子今年三十二歲。」

行天一直將耳朵貼在多田的手機上，聽著星的說明。當聽到兩人年齡差距時，行天吹了聲口哨。

年齡差距比父女還大的夫妻，在家裡會聊些什麼呢？

「星，你知道的眞不少。」多田說道。

「幹我這一行，蒐集資訊是基本功。報紙上的死亡新聞，就是蒐集各方消息的最佳切入點。」

「眞幌廚房集團的前任社長過世，讓你覺得有隙可趁？」

「不，目前沒有。前任社長在世時，大家就在說亞沙子的經營手腕遠勝丈夫。誠一郎生前被年紀比女兒還小的嫩妻搶走工作，多半覺得很沒面子吧。」

這麼聽起來，住在櫻花公寓的應該是誠一郎沒錯。他把那個房間搞得像廢物收集站，雖說是基於個人興趣，多半也是爲了給能力太強的妻子難堪。多田忍不住嘆了口氣。

他想給妻子難堪是他的自由，但到頭來爲他收拾房間的，卻是我這個便利屋。

「我的情報費可不便宜。」星接著說道。

「不能當作我們只是在閒聊嗎？」

多田如此提議，但星當然沒有接受。

「待我想一想，我再告訴你，你必須怎麼回報我。」

掛斷電話前，星不忘恫嚇一番。

「能幹的女社長？這下子可危險了。」行天在副駕駛座伸了個懶腰。

「危險什麼？」

「你最喜歡這種女人，對吧？能幹、強勢，但是有點寂寞。如果還能是個寡婦，那就更完美了。」

「你在說什麼蠢話？」

多田再度被說中心聲，趕緊把話題轉到其他方向。「別說那些有的沒的，快想想現在該怎麼做，才是重點。」

「還能怎麼做？當然是去找她，警告她『明天一定要來』。」

「這麼晚了，現在去找她？」

「現在這個時間，她總該下班了。如果不是這麼晚，要見到她恐怕還不容易。但願她的長相也符合你的喜好。對吧，多田？」

「你在說什麼蠢話？」多田又罵了一句。

但轉念又想，對方如果不付錢，確實是樁麻煩事。多田遲疑了一下，雖然覺得有點不妥，最後還是同意到柏木亞沙子的住處去看一看。只是確認她真的住在那裡，將來如果真的發生收費糾紛，才好上門理論。

從結論來看，柏木亞沙子的外貌確實符合多田的喜好。雖然稱不上絕色美女，但看起來是個有主見的女人，而且有著率性、開朗的性格。臉上化著淡妝，身上穿著乾淨但樸素的套裝。

這天晚上，亞沙子在晚上九點半才回到家門口。她一下計程車便看見自家門口停著一輛可疑的發財車，但她沒有流露出一絲懼意，落落大方地走了過來。

站在車旁的多田一看見亞沙子，趕緊將站在車斗上做著伸展操的行天扯了下來。

「你們……該不會是多田便利軒的人吧？」

「是的，敝姓多田，他姓行天。」

「我今天沒有到場，眞的很抱歉。」亞沙子朝兩人深深低頭鞠躬。

「會議拖得太長，我實在走不了。」

「明天妳會來？」行天問道。

「會。」亞沙子回答。

「那這個給妳。」

行天從夾克口袋掏出一把反射著銀色光芒的鑰匙，放在亞沙子的掌心。「這是櫻花公寓二〇三室的鑰匙。」

「你什麼時候……」多田驚愕地問道。

「離開時，忘了把鑰匙貼在瓦斯錶後面。社長，既然妳明天會來，那就交給妳保管了。」

多田猛然察覺，行天對亞沙子的態度，顯然比對其他人溫柔得多。行天，你是怎麼了？難道柏木亞沙子的長相，剛好也射中了你的靶心？

本來還以爲委託人是打算賴帳才避不見面。但是從亞沙子的態度看來，她似乎眞的是因爲工作太忙才忘了赴約。在工作上幾近苛求的認眞態度，與自由奔放的性格完美調和在一起，想必讓她被身邊的人貼上了「怪咖」的標籤。一個被視爲「怪咖」的女人，跟怪到黃河也洗不清的超級「怪咖」行天，就某些意義上來說，或許是天作之合。

「妳沒有把鑰匙帶來，我們就沒有辦法開工。」行天露出了陰險狡詐的笑容。

多田這才恍然大悟。原來行天根本不是對亞沙子有好感，他只是想要確保委託人明天會在現場幫忙。多田不禁鬆了口氣，但是下一秒，這「鬆了口氣」的心情反而帶給多田一陣錯愕。

行天的算計似乎並沒有讓亞沙子感到不愉快。

「放心，我一定到。」亞沙子緊握鑰匙，臉上帶著爽朗的笑容。

「明天能夠整理完？」

多田與行天互瞥了一眼。合計五個小時的時間，絕不可能處理完那些宛如地層一般厚厚堆積的雜物。光從這句話就知道亞沙子根本不曾踏入那間房間。

「抱歉，請容我確認一點。住在櫻花公寓二〇三室的人是眞幌廚房的前任社長？」

「沒錯，是我的亡夫誠一郎。」

亞沙子忽然揚起嘴角，笑著說：「短短時間，你們好像查了不少我的事？」

「請別誤會，我們知道的就這麼多了。至於那房間明天能不能夠整理完……如果加上妳，三個人全力趕工到三更半夜，或許有可能吧。我們先告辭了，晚安。」

多田催促行天坐進發財車，亞沙子站在大門前目送車子駛離。獨自佇立的亞沙子，與她身後那棟完全不符合眞幌風格的南歐白壁豪宅，在後照鏡中逐漸縮小。

亞沙子是一個人住在那棟宅邸嗎？在夜色中，那棟宅邸沒有任何一扇窗戶透出燈火。

「你怎麼看這件事？」多田詢問行天。

柏木誠一郎爲何拋下嬌滴滴的嫩妻，以及偌大的宅邸，獨自住在那間堆滿雜物、布滿塵埃的房間？光是要整理及分類那些雜物，應該就耗掉他大部分的自由時間。多田實在不明白，誠一郎到底對於夫妻生活有何不滿？

「社長應該是個連家事都做得無懈可擊的人。」

「何以見得？」

「她的頭髮跟皮膚都保養得很好，指甲卻剪得很短，而且沒有塗指甲油。可見得她應該經常做料理吧。而且她剛剛打開大門的時候，還順便調整了盆栽的排列位置。」

盆栽的部分，似乎是行天剛剛從後照鏡中看到的。你這傢伙簡直像個惡婆婆。多田在心中暗罵。

「不僅是工作上的得力助手，而且還把家裡打理得那麼好，簡直就是個完美妻子。」

行天以宛如哼歌的口吻說：「肯定讓人喘不過氣來。」

或許眞的是如此。但即便是這樣，丈夫拋下一切逃走畢竟還是太自私了。多田感覺到一股怒火湧上心頭，轉動方向盤的動作也比平常粗魯得多。

「哇！」

身穿套裝的亞沙子一打開櫻花公寓二〇三室的大門，簡直像貧血發作，踉踉蹌蹌地往後退了一步。「這些垃圾是怎麼回事？」

在亞沙子的眼裡，誠一郎的所有蒐藏品都可以歸類在「垃圾」這個屬性底下。昨天多田與行天的清理行爲，破壞了誠一郎在這房間裡建立的秩序。雜誌的邊角不再整齊排列，漂亮的貝殼從廣口瓶撒落至榻榻米上，尖得可以當凶器的鉛筆在跌落時摔斷了筆芯。各式各樣的東西散落在房內，無怪乎在亞沙子眼裡，這一切都只能以「垃圾」來形容。

行天率先走進房間，打開窗戶。這次當然也伴隨著那宛如地獄油鍋般的噪音。

「原來他是個會囤積那麼多東西的人……」

亞沙子撫摸著吊在壁櫥裡的西裝外套。「他每天都會來公司，我還以爲……」

「你還以爲他只是在外頭有了女人，是嗎？」

行天若無其事地問出了一般人問不出口的問題。「喂！」多田以手肘在他的腰際頂了一下。亞沙子微微一笑，彷彿是默認了行天的問題。

「兩年前，丈夫突然說『想要一個人靜一靜』，從家裡搬了出去。我完全摸不著頭緒，不曉得爲什麼他要這麼做。」

亞沙子從壁櫥裡取出一件件衣物，沒有一絲猶豫，全都丟進垃圾袋裡。不管是摺得像厚紙板一樣整整齊齊的襯衫，還是看起來還能穿的西裝外套，在她眼裡都跟大量的破襪子一樣，只能歸類爲「垃圾」。

「聽說他是在房間裡忽然覺得不舒服，自己叫了救護車。當我接到醫院的通知趕到醫院時，他已經斷氣了。前一天他離開公司前看起來很正常，我還跟他討論下星期開會的事。」

平淡的口氣，反而更加凸顯出亞沙子心中的混亂與悲傷。丈夫過世至今還不到兩個星期，或許亞沙子還不知道該如何將記憶與現實串聯在一起。

多田完全不知道該說什麼才好。行天也沒有開口說話，只是默默地將小冰箱裡的所有東西移到垃圾袋內。冰箱裡的食物並不多，除了一人用的小醬油瓶、沾醬瓶及美乃滋，就只有一些別人送的起司及零食。完全看不出誠一郎會自己做菜，或是有人爲誠一郎做菜的跡象。

專門提供平價又美味的西餐料理的大企業社長，竟然每天在這樣的房間裡吃著一些根本稱不上是餐點的食物。此情此景令多田不禁百感交集。

亞沙子每天過著忙碌的生活，皮膚還是看起來白皙又漂亮。可見得她一定非常注重營養均衡，每天就寢前一定有一套保養程序，而且懂得保持適度的運動及適度的睡眠。誠一郎和她住在一起的時候，想必她也相當注重丈夫的健康狀況。

那肯定讓人喘不過氣。多田隱約能夠體會行天說的這句話。此時的亞沙子也正以喘不過氣來的表情，將丈夫蒐集的垃圾拋進垃圾袋。亞沙子與誠一郎這輩子一直到最後都無法好好交流，彷佛只能透過垃圾袋發出的聲音，進行最後的對話。

到了這天深夜，三人才終於把堆放在廚房及榻榻米房間的所有雜物清空了。唯一剩下的，只有房裡那座櫃子。亞沙子打開最上層的抽屜一看，裡頭同樣有著各式各樣雜物，而且同樣分類得整整齊齊。

文具、鈕釦、家庭常備藥物、文庫版書籍、公司的各類文件……誠一郎利用大大小小的零食盒，在抽屜裡分隔出了許多空間，用來擺放不同的雜物。下一層抽屜，裡頭也大同小異。最大的特徵，是這些雜物都不「舊」。就算是最舊的，大概也只有數年的歷史。

這意味著誠一郎搬出宅邸時，並沒有帶走任何隨身物品，或是任何具紀念價值的東西。他堆放在這裡的大量雜物，都是搬出宅邸後才取得的東西。

「這櫃子裡的東西，也全部扔掉。」

亞沙子的口氣沒有絲毫的迷惘與動搖，卻反而顯露出她心中的強烈失落感。這房間裡的每個角落，都不存在誠一郎的感情，有的只是數也數不清的大量物質。對妻子的思念，以及與妻子的共同回憶，都被抹除得一乾二淨。

三人將抽屜抽出，連看也沒看便往垃圾袋裡傾倒。

「櫃子呢？也要處理掉嗎？」行天問。

「這是當年結婚時，我帶進柏木家的櫃子，所以我想把它移回松丘町的家裡。」

「誠一郎搬出來住的時候，還特地從家裡把妳的櫃子搬到這裡來？」

多田的心中懷抱著一縷希望。但亞沙子一臉憂鬱地笑著搖頭。

「當初他說想要一個人生活，所以租了這間房間，我強迫他一定要把我的櫃子放在房間裡。我以爲他想要跟其他女人同居。房間裡擺了我的櫃子，他跟那個女人一定都會覺得不舒服，對吧？」

好可怕的女人。多田心裡想著。但卻有股難以抗拒的魅力。

多麼希望自己也能像那樣被緊緊勒住。乾淨整潔的家，美味的家庭料理，隱藏在開朗笑容底下的強烈情感……要是能夠被一個女人像這樣用盡手段緊緊纏住不放，就算窒息而死，似乎也不枉此生。

亞沙子拿起乾抹布，開始擦拭榻榻米。多田與行天則將一袋袋圓鼓鼓的垃圾袋搬到發財車的車斗上。

兩人搬完之後，決定先在外牆階梯的一樓處抽根菸再說。

「我還是無法理解。」多田咕噥道：「誠一郎到底爲什麼要住在這種地方？」

「因爲他想要過一個人自由自在的日子。」行天說道。

天底下有哪個妻子，能夠接受丈夫因爲這種理由而離家出走？男人想要擁有像祕密基地的另一個家，這並不是不能體會。但是丈夫追求自由自在的生活，代價卻是妻子毫無理由地遭到拋棄，妻子心中的悲傷又該向誰傾訴？

多田與行天抽完菸，走上階梯的途中，依然持續壓低了聲音說話。

「既然是這樣，爲什麼不乾脆離婚算了？」

「我想社長的老公大概是個非常自我中心的人。一方面想要自由，一方面卻又沒有勇氣離婚，讓自己陷入孤獨的狀態……我給你看樣東西。」

行天取出一張生活照，遞到多田的面前。多田原本以爲二〇三室裡完全沒有照片、日記之類留下私人紀錄的東西，因此一看到照片，著實吃了一驚。

「你在哪裡找到的？」

「冰箱裡頭，放美乃滋的那一層。一開冰箱就會看到。」

照片裡是個怪模怪樣的女人。有多怪？怪到多田沒什麼把握那是一個「女人」。由於鏡頭拉得有點遠，看不清楚細節，只隱約能分辨出女人戴著粉紅色的爆炸頭假髮，身穿男性的西裝褲及襯衫，脖子上打著領帶，鼻子插著免洗筷。更扯的是女人竟然翻著白眼，站在一張辦公桌上跳舞。多半是跟熟人舉辦忘年會之類的，才會玩得這麼「嗨」吧。

多田在走廊上停下腳步，把聲音壓得更低，問：「這個……應該就是誠一郎的女人吧？」

「咦？」行天愣了一下，似乎沒有意料到多田會這麼問。「算是吧。」

「這可麻煩了……柏木亞沙子要是知道誠一郎的小三是這種性格跟中年大叔一樣的三八女人，肯定會大受打擊。」

「噢？怎麼說？」

「丈夫為了這種女人離家出走，身為妻子的面子怎麼掛得住？」
「會嗎？」
「當然。」
「你為什麼認為這是小三？」行天歪著頭說。
「這種照得不清不楚，而且還擺出古怪姿勢的照片，如果是小三，為什麼要像寶貝一樣放在冰箱裡？」
「我猜多半是因為柏木亞沙子也認識這個女人吧。不是自己公司的職員，就是客戶公司的職員。所以誠一郎故意挑選這種沒辦法鎖定對象的照片。萬一亞沙子殺到公寓來看見照片，事情也不會鬧大。」
「看來你的腦袋已經變成糨糊了，需要清醒一下。」
行天嗤嗤笑了起來。「我們把這張照片拿給社長看吧。」
「你不要胡鬧！」多田趕緊制止。
「把事情搞得更複雜，對我們有什麼好處？」
二〇三室裡的亞沙子或許是聽見爭執聲，將門推開了一道縫隙。
「便利屋？」亞沙子低聲呼喚。「怎麼了嗎？」
「社長社長，我讓妳看樣東西。」
「行天，住手！」

房間裡的情況已經夠糟了，要是又發現誠一郎在外頭有女人，亞沙子恐怕會崩潰。多田衝進玄關，關上了門，在狹窄的脫鞋處將行天緊緊勾住，不讓他繼續往前走。亞沙子站在廚房，錯愕地看著兩人。

「妳看我發現了什麼。」

行天毫不理會多田的阻撓，將照片遞向亞沙子。

「別鬧了！」多田想從行天手中搶下照片。

「既然找到了，隱瞞也沒有用。」

「吞下去！你給我吞下去喔，反正你連鑽石也吞過，吞張照片應該沒什麼。」

「請問你們到底在吵什麼？」

亞沙子走了過來，從行天的手中接過照片。

「天啊，這裡竟然會有這麼丟臉的照片。」

「咦？」

「照片裡這個人就是我，當時我喝醉了，才會做出這種傻事。」亞沙子紅著臉說道。

「這張照片，你是在哪裡找到的？」

多田登時全身虛脫，尷尬地看著行天。

「冰箱裡。」行天一邊回答，一邊看著多田，眼神彷彿在說「別再耍笨了」。

亞沙子將照片放進口袋。

「辛苦兩位了。」她笑著對兩人說。

「要不要喝杯茶？我在櫃子裡發現了沒有開封的茶葉。」

行天於是從「不可燃垃圾」中挖出鐵茶壺及一只飯碗、湯碗和茶杯。三人就坐在榻榻米的房間裡，緊靠著櫃子喝起熱茶。

「什麼都沒有了。」

亞沙子環顧室內，淡淡地說。

多田以下巴承受著誠一郎的碗所冒出的熱氣，陷入沉思。打從一開始就沒有什麼小三。誠一郎獨自生活在這雜物大量堆積的地層裡，一個人睡覺，一個人起床，一個人到公司上班。

他在這裡建立起一個妻子柏木亞沙子無法介入的世界。

多田的心中驀然產生了一個想法。倘若誠一郎眞的有小三，或許這對夫妻還不會走到這種無可挽回的地步。

「你們是在地人嗎？」

亞沙子似乎無法承受籠罩著房間的寂靜，主動提出了問題。

「是的，我雖然曾經在外地住過一段日子，但從小在眞幌長大。」

「眞幌是個好地方，悠閒中帶著一股活力。」

亞沙子微微放鬆了原本跪坐的雙腿。「我自從上了大學之後，就一個人在眞幌生活。」

多田試著想像當年那個年紀不到二十歲的亞沙子。在多田的想像之中，當年的亞沙子比現在憂鬱得多。如今亞沙子臉上的開朗笑容，完全是長年來被哀戚與苦惱徹底洗禮下的產物。

「我猜……」行天說：「妳是不是在眞幌廚房打工，認識了妳老公？」

「沒錯，你眞會猜。」亞沙子輕輕聳了聳肩。

「那時候眞幌廚房才剛開第二間店。我的年紀跟他差非常多，沒想到卻愛上了他。」

「老頭是妳的菜？」

「並不是。遇上他之前，我交往的對象都是同年齡層的人。」

多田聽到她這麼說，有些鬆了口氣。鬆了口氣？爲什麼我會鬆了口氣？

「我的父母非常反對，誠一郎也有些遲疑，但因爲我的堅持，在我大學畢業那年，我們就結婚了。雖然經營眞幌廚房讓我變得相當忙碌，但我眞的覺得很幸福。直到……他突然離家出走。」

多田見亞沙子垂下了頭，趕緊安慰道：「我猜他只是想喘口氣而已。如果他還活著，一定很快就會回到妳的身邊。」

「如果他在外頭有女人，不知該有多好！」亞沙子發出沙啞而尖銳的叫聲。

「如果他是因爲想跟那個女人同居，才離開我的身邊，不知該有多好！至少問題會變得單純得多！與其因爲這種莫名其妙的理由，讓他離開我的身邊整整兩年，最後還丟下我一個人先走，我寧願他在外頭有女人！」

亞沙子緊緊咬住嘴唇，但終究壓抑不了心中滿溢的悲傷。她的五官突然扭曲變形，像個孩子一樣嚎啕大哭。

「爲什麼你要留著那種照片？」

我全心全意地幫助你，跟你一起打拚，只因爲我愛你。我盡力做好所有家事，臉上永遠帶著笑容，這些全都是爲了你，只因爲我愛你。

「原來你喜歡的，是那個在聚會時像個傻子一樣跳舞的我？在你的心中，是否存在著一丁點對我的愛？」

亞沙子仰頭看著天花板，淚珠不斷滑過臉頰。她像個孩子一樣不知所措，以全身傾訴著心中的悲愴、憤怒與寂寞。

自己爲什麼會被那個人拋棄？爲什麼那個人什麼都沒有解釋，就這麼一走了之？一個愛情遭到斬斷的女人，正以心中的激昂情緒，撼動著房內的空氣。

多田什麼話都說不出口。只是聽著亞沙子的啜泣聲，只是看著亞沙子淚流滿面。

全身有一種莫名的懸浮感，就像被吸入昏暗的洞穴。多田已不知多久沒有那種感覺了，那意味著自己墜入了愛河。

我想要的到底是什麼？

當年的嬰兒哭泣聲，以及妻子以淚洗面的景象，在腦海中幽幽浮現。

唯有做好準備，才能因應隨時可能發生的變化。

這眞是一句至理名言。心情上的劇烈變化，既沒有辦法催促，也沒有辦法阻擋。多田只能茫然自失地坐著，迎接這一切。

行天悶不吭聲地看著多田與亞沙子。

啜泣聲持續流洩，溢出了房間，散入寒冬的夜空之中。

殘月

從元旦到一月三日，多田便利軒的電話一次都沒有響起，多田難得度過了一個安靜的新年。

聽說山城町的岡夫婦受兒子們邀約，過年期間和孫子一起泡溫泉去了。終於不必整天盯著公車看，多田覺得整個人神清氣爽。

多田將前幾天從便利商店買來的眞空包裝方形年糕先放在鐵茶壺裡煮軟，夾起來放在泡麵裡一起吃掉。塡飽肚子後，也不管太陽下山了沒有，就躺在床上睡大覺。這種媲美雄獅的優雅、怠惰生活，才是最正確的新年過法。

至於行天則是整天小口啜飲著廉價威士忌。多田沒事就躺在床上睡覺，行天卻是沒事就在地上做仰臥起坐、伏地挺身及背肌運動。狹小的事務所內，每隔一段時間就響起「呼、呼」的吐氣聲，差點沒把多田逼瘋。行天的體能訓練其實是對多田表達抗議的一種手段。因爲多田不答應讓行天買門松，行天對此心懷不滿。

爲什麼行天會對門松情有獨鍾？行天平常在街上，不管是看見七夕的竹子，還是看見聖誕節的聖誕樹，反應大概都跟看見電線桿沒兩樣，爲什麼偏偏對門松難以割捨？

不，等等。或許重點根本不在門松。多田嘗試從完全不同的角度來解釋這件事。行天眞正喜歡的，是「兩個一組的東西」。

回想起來，過年前受顧客委託進行居家大掃除時，行天把工作拋在一旁，全神貫注地讀著一本名爲《日本佛像》的寫眞集。會客室有一座書架，書架上有一些沾滿了灰塵的書，《日本佛像》正是其中一本。行天看了一會，忽然走到多田面前，指著書中一幅對開頁的金剛力士像[26]黑白照片。

「你覺得哪一個比較好？」行天以陶醉的口吻問道。

「哪……哪一個比較好？」

「好，我決定了。我要以閉著嘴的這個爲目標。」

行天自己一個人說得興高采烈，彷佛完全沒看見多田正忙著拿撢子拂灰塵。藉由這件事，多田得知了兩點：第一，行天喜歡兩尊金剛力士像中的吽形金剛力士。第二，行天想要靠訓練，獲得宛如金剛力士一般的肉體。

多田的腦海同時也浮現了兩點想法。第一，阿形金剛力士與吽形金剛力士在體格上根本毫無差別。第二，這年頭竟然還有人是以金剛力士像爲目標進行肌肉訓練？不過多田當然沒有說出這些想法，只淡淡回了一句「好，加油」。必須回答得快、狠、準，以最快的速度結束這個話題，不讓行天有機會補上一句「所以你應該以張著嘴的這個爲目標」。

多田回憶起這個插曲，心中暗想，或許在行天眼裡，門松也是像金剛力士像那樣，象徵著肉體的強壯。

26「金剛力士」又名「仁王」，爲佛教信仰中的護法神。其中最有名的兩尊，爲密跡金剛（嘴型爲「吽」）及那羅延天（嘴型爲「阿」），即華人文化中的「哼哈二將」。

多田再也無法忍受行天那「呼、呼」的呼吸聲，在床上坐了起來。當然另一個原因，在於這天已是一月三日下午，多田厭倦了雄獅的慵懶生活。年底那段期間因為工作太忙，一直沒有機會好好算帳，不如趁現在算個清楚吧。多田於是坐在沙發上，將帳簿拿到矮桌上攤開。行天完成訓練，整個人懶洋洋地癱倒在對面的沙發上。多田見行天抽起了萬寶路的薄荷菸，心裡不禁暗想，看來這傢伙距離成為金剛力士還非常遙遠。

多田敲打著計算機，越算越起勁，算完費用後，又把一整年的收支重新驗算了一遍。「很好、很好。」多田一邊翻著帳簿，一邊搖頭晃腦地想著。我的經營手腕實在是太強大了。多田便利軒去年的營收，比前年稍微增加了一點。由於多了行天這張吃飯的嘴，多出來的營收根本不足以讓多田的財富增加，但工作的成果表現在數字上，還是讓多田感到相當滿足。

「算完了？」行天見多田闔上帳簿，在沙發上坐了起來，高高舉起威士忌酒瓶。

「要不要來一點？」

多田看著行天，長嘆了一口氣。每次派這傢伙去買東西，他一定會把向客戶報帳用的收據搞丟。自己出門工作的時候，明明沒有要求他去，他卻老愛跟在旁邊。到了委託人家裡，他又愛做不做，老是偷懶。而且最近他除了喝酒，也開始吃固體的食物，導致生活費直線攀升。綜合這種種跡象，可以得到「這傢伙根本是瘟神」的結論。

但多田轉念又想，自己有多少年沒跟他人一起過年了？雖然自己跟行天平時幾乎不交談，只是各自做著自己的事，但光想到屋裡還有另一個人，心靈就會產生一種莫名的餘裕。或許是因爲行天的出現，讓多田得知原來除了自己，這世上還有另一個「找不到棲身之所，也找不到人陪伴」的孤獨之人。當然也有可能是因爲年紀大了，意志力變得脆弱，才會產生「身邊有行天，總好過一個人都沒有」的懦弱想法。

行天搖晃著酒瓶，等待多田的回應。多田本來想要罵一句「因爲你搞丟了收據，我有將近一萬圓沒辦法向客戶請款」，但遲疑了一下，最後什麼都沒說。大過年就碎碎唸，恐怕會讓行天那原本就少得可憐的工作幹勁徹底歸零。今年的營收必須比去年更多才行，這傢伙假如還是會繼續留在這裡吃閒飯，得設法讓他做比去年更多的工作。

「我不喝。」多田說：「倒是你想不想出去吃外食？」

「你的意思是買圍爐屋的便當回來？」

「買便當回來就不叫吃外食了。我說的是到可以喝酒的店裡吃飯。」

「今天是吹什麼風？」

行天將威士忌酒瓶放在矮桌上，對多田投以懷疑的目光。

「去年的營收比我原本的預期多一些，所以我想出去吃個飯，順便慶祝過年。」

多田假裝若無其事地移開視線，拿起自己的夾克。「噢？」行天露出賊兮兮的笑容，喝乾了杯底的威士忌。

過年期間的眞幌站前大街比平時更加擁擠，有些路人似乎想到百貨公司購買特價商品，有些則似乎是不想繼續在家裡睡覺，所以攜家帶眷出門走一走。雖然這個時間吃晚飯還嫌太早，但或許此時出門才是正確的決定。假如等到用餐時間才找餐廳，恐怕任何一家店都會是大排長龍的狀態。

「要挑哪一間？」

「待我想一想。」

其實多田心中並沒有預設要去哪一間，只打算隨便挑一間居酒屋就行了。沒想到行天卻在大街上率先邁步而行，對沿路上的店家連瞧也沒瞧一眼，進入了南口圓環。

南口圓環擠滿與人約在這裡見面的民眾以及鴿子。圓環廣場正中央還有一群正在使用擴音器的人，阻礙著行人通行。

南口圓環常有街頭藝人拿著吉他自彈自唱，或是表演各種特技雜耍，早已司空見慣。多田原本以爲又是街頭藝人，但仔細一瞧才發現並非如此。從擴音器傳出的是中年婦人的說話聲，而且口氣平淡，沒有什麼抑揚頓挫。

「各位都生活在威脅之中。各位的孩子、父母及丈夫，都面臨著可怕的威脅。在如今這個時代，我們應該怎麼做，才能確保飲食安全？這份使命與責任，正落在各位家庭主婦的肩上。我們必須選擇無農藥的食材，而且親手製作料理。唯有這麼做，才能確保家人的健康與安全。不管是到外頭的餐廳吃飯，還是購買現成的菜餚，都不是正確的飲食習慣。」

不斷對著擴音器說話的婦人身邊，有好幾名身穿樸素服裝的男女，正向廣場上熙來攘往的人群發送宣傳單。此外還有幾名看起來像小學生的孩童，穿著深藍色的外套，手上拿著旗幟，旗幟上寫著「家庭健康食品協會 Home & Healthy Food Association」。

多田猛然想起，最近經常在街上看見這個團體的宣傳活動。看起來既像是宗教法人，又像是公司行號，讓人摸不著頭緒。

多田一邊想著，一邊往前進。一名協會成員將宣傳單遞到多田與行天的胸前。行天徹底無視，多田卻不忍心拒絕，只好伸手接下。那張宣傳單上頭全是手寫字，頂端寫著一排黑色大字：「敬告各位家庭主婦！」多田將宣傳單塞進夾克口袋，心裡不禁想著，難道我看起來像家庭主婦？

行天筆直朝著公車轉運站的方向前進，沿途撞上了好幾名路人，他卻絲毫不以爲意。

「喂，你要去哪裡？」多田問。

「坐公車。」

「爲什麼要坐公車？」

「因爲我想去眞幌廚房。」

多田本來還想再問一句「爲什麼」，話到嘴邊又吞了回去。行天從頭到尾一直在觀察多田的表情，臉上帶著賊兮兮的笑容。

「好，那就去吧。」

多田假裝若無其事地走上了公車。

眞幌廚房一號連鎖店位於眞幌大街上，從公車轉運站搭公車只有三站的距離。一來從車站走過去不用二十分鐘，二來大部分眞幌市民都習慣自己開車，因此在那一站下車的就只有多田與行天。下車的時候，多田連行天的車資也一起付了。

那棟有著三角形屋頂的建築物，從前好像是樂雅樂（Royal Host）還是紅龍蝦（Red Lobster），後來才變成了眞幌廚房。站在路上往窗內一望，餐廳內的空座位只剩下四成左右。

多田一推開玻璃門，旋即聽見一聲「歡迎光臨」。那開朗又陽光的聲音，登時讓多田喘不過氣來，簡直就像吞下一顆彈珠，幾乎無法呼吸。

「啊，便利屋！上次的事情，眞的很謝謝你們。」

一名店員從收銀櫃檯走了出來，赫然是柏木亞沙子。她似乎稍微瘦了一點，但看起來精神不錯。

「妳好。」

多田尷尬地打了聲招呼。雖然原本就有點期待能見到她，但完全沒有料到她身爲堂堂連鎖企業社長，竟然會親自擔任店員。

亞沙子身穿套裝，套裝外頭罩著店內的圍裙。她將多田與行天帶到店內最深處的靠窗座位，那一看就是能夠安心享用餐點的好位置。就連水杯及菜單也是亞沙子親自送上，並沒有假手其他店員。

「社長，這裡能抽菸嗎？」行天問。

「請。」亞沙子從圍裙口袋取出洗得乾乾淨淨的菸灰缸。

「不過拜託你別叫我社長。」

「我知道了，亞沙子。」

從客氣到不客氣的落差未免太大了！多田心裡罵不絕口，卻假裝正研究菜單，什麼話也沒有說。

「今天想吃什麼？」

「我要兩合[27]日本酒，還要招牌紅酒，用醒酒器裝。餐點的部分，我要眞幌廚房特製鹽醃海鮮。」

「好。」

「多田，你要什麼？」

「炸蝦套餐，一杯中啤。」

「好。」

亞沙子從圍裙口袋中取出點餐機，迅速鍵入兩人的餐點。「酒馬上來。」

亞沙子遠離桌邊，多田這才感覺呼吸順暢。脫下了夾克，順便從口袋取出香菸。剛剛在南

27「合」爲日本的傳統容積單位。十合爲一升。

口圓環拿到的宣傳單，不小心掉了出來。反正無事可做，對面的行天只是賊頭賊腦地微笑不語，多田於是一邊抽菸，一邊攤開那張宣傳單。

從宣傳單上的介紹看起來，家庭健康食品協會的會員似乎在眞幌市近郊過著團體生活，致力於栽種及販賣無農藥蔬菜。上頭還寫著：「會員招募中，歡迎參觀。我們的販賣車，持續造訪全市的每個角落。」

「咦……」多田聽見聲音，轉頭一看，亞沙子就站在自己身邊，手上端著托盤。她將兩人點的酒及鹽醃海鮮擺在桌上，同時問道：「多田，你對健康食品有興趣？」

從亞沙子口中發出的「多田」這兩個音，帶給多田一種難以言喻的奇妙感覺。多田強自鎭定，回答：「完全沒有，我幾乎每天都吃泡麵。」

「這樣啊。」亞沙子輕輕嘆了口氣。

「怎麼了嗎？」

「這個團體最近在眞幌的餐飲界引起不少話題。」

亞沙子彎下腰，在多田耳邊低聲說道：「他們的人經常跑到我的公司及餐廳，大力宣揚無農藥蔬菜的好處。說什麼爲了維護市民的健康，應該使用他們栽種的無農藥蔬菜。我很佩服他們的熱忱，但我們眞幌廚房早就有簽約的農家，當然不可能答應他們的要求，問題是又不能拒絕得太明顯……」

「爲什麼不行？」

行天一邊啜飲著日本酒，一邊歪著頭問：「你們是生意人，他們也是生意人。既然生意談不來，爲什麼不直接拒絕？」

「一旦拒絕，他們就會故意讓蔬菜的販賣車在我們的店外繞來繞去，大聲廣播什麼『親手製作的家庭料理，才能讓帶給家人健康與笑容』。但是這種程度的干擾，又不能指控他們妨礙業務。」

「噢。」行天拿起多田手中的宣傳單，揉成一團交給亞沙子：「抱歉，幫我們丟了吧。」

「請稍坐一下，炸蝦馬上來。」

亞沙子將宣傳單放在空的托盤上，走進了廚房。

「聽起來是個相當古怪的團體。」

「無農藥、無農藥……有沒有農藥眞的那麼重要嗎？天底下有誰一輩子沒攝取過有害物質？」

行天吐了一口煙霧。不知道爲什麼，那三個字從行天的口中說出來，聽起來就像是「沒人要」。

「他們賣蔬菜的車子也會排放廢氣。既然對有害物質那麼神經質，爲什麼不使用人力拖車？我看乾脆找一天晚上，偷偷溜進他們田裡，幫他們噴些農藥。」

「你別亂來。對付這種團體，別理他們是最好的做法。」

打工的店員送上一盤炸蝦。多田以叉子叉起一尾，薄薄的麵皮炸得又酥又脆。

行天沒兩下就喝光了日本酒，望著多田。

「言歸正傳……」行天說。

「你什麼時候要向社長表白？」

多田早已猜到行天遲早會問出這句話，因此沒有噴出嘴裡的生啤酒。

「你在說什麼啊？」

「你不用裝了，我看得出來。」

行天自顧自地點點頭，一邊吃著鹽醃海鮮，一邊喝起紅酒。爲什麼剛剛喝日本酒的時候，不吃鹽醃海鮮？多田實在搞不懂這傢伙吃東西的原則。

「拜託……」多田吃完了炸蝦套餐，給自己倒了一杯紅酒。

「我都這把年紀了，還表什麼白？」

「你的意思是不表白，直接上？」

「上哪裡？上什麼？」

多田不再理會露出一臉期待神情的行天，拿起醒酒器往自己杯裡倒酒。行天忽然將手舉得筆直，手臂幾乎貼著耳朵。

「亞沙子！再上一點紅酒！」行天大喊。

亞沙子於是又送來一瓶醒酒器。亞沙子在桌邊的時候，多田與行天都默不作聲。

「言歸正傳……」亞沙子離開後，行天又將身體湊了過來。

「這個話題已經結束了。」

「這樣就結束了？爲什麼你不積極一點？」

「爲什麼你那麼積極慫恿我？」

「因爲可以看好戲。亞沙子看起來不是你能搞定的女人。」

多田在心中暗想，過去自己從來沒搞定過任何女人。

「柏木的丈夫才剛過世不久，你不要亂說話。」

多田接著又無奈地補了一句：「何況現在的我，有什麼資格喜歡一個女人？」

「什麼意思？」行天淡淡地反問。

「以前你有資格，現在你當然也有資格。」

即使是在對妻子及孩子造成了無可挽回的傷害之後？多田心裡這麼想，但什麼也沒有說。自己確實有點被亞沙子吸引，但壓抑感情並不是什麼難事。戀愛只是一瞬間的錯覺，多田知道自己的性格沒辦法和女人朝夕相處，同時持續更新這個錯覺。

不要光說我，你自己呢？多田想要反問行天，但最後同樣沒說出口。這是一個根本不需要問的問題。

行天根本不曾眞正愛過一個人，卻一再慫恿自己表白，這簡直是國中生才會做的行爲。如果眞的是國中生那也就罷了。活了三十多年，才被迫承認自己並沒有愛一個人的資格，那是多麼空虛的一件事。

行天到底要如何排遣心中的這股空虛感？多田不由得陷入沉思。當回過神來，多田偶然抬頭，發現行天又朝著亞沙子招手。

不知從什麼時候起，店內的座位都被坐滿了。一名小女孩正對著看起來像是爺爺、奶奶的老夫婦，一張嘴吱吱喳喳說個不停。爺爺、奶奶認眞聽著，偶爾應個一、兩聲。一旁的年輕夫妻則似乎正想盡辦法，要把女兒的注意力拉回餐點上。

每個人的臉上都帶著笑容。

此時亞沙子剛好端著醒酒器走了過來。

「店裡眞熱鬧。」多田說。

「這都是託大家的福。」亞沙子微微一笑。

「過年期間，很多工讀生都返鄉了，人手根本不夠，連我都必須來店裡幫忙。太久沒做外場工作，都生疏了。」

她甩了甩剛剛搬運大量餐盤的手腕：「手都麻了呢。」

來到店裡用餐的客人，大部分都是攜家帶眷。亞沙子在店裡忙得筋疲力竭，拖著疲累的身子回到家中，偌大的屋子裡卻只有她一個人。多田偷眼觀察著亞沙子的表情，在那微笑底下，或許隱藏著跟自己一樣的空虛感。別桌的客人呼喚店員，亞沙子立刻又打起了精神，幫客人點餐去了。

我眞是個傻子，想這些做什麼？多田如此告訴自己。

「你要是能跟社長順利交往，就可以少奮鬥一輩子啦。」

行天只往自己的杯子拚命倒酒。「你要是嫌我待在事務所太礙事，可以老實說，我會去附近閒晃個兩小時再回去。」

多田心想，我這兩年來用盡各種明示及暗示，想要讓你知道你有多麼礙事，怎麼你都不當一回事？

或許行天這傢伙，根本不具備「空虛」的情感。

多田錯愕地說不出話來，半晌後才重新提振精神。

「我拜託你，不要打那些鬼主意，把問題搞得更複雜。」多田說道。

隔天早上，一個住在眞幌市月見台，自稱姓田岡的男人突然來電。

「你會做飯嗎？喜歡小孩嗎？」

田岡似乎相當焦急，劈頭便這麼問。多田甚至連接起電話的第一句「你好，這裡是多田便利軒」都還沒說完。

難不成是惡作劇電話？還是以爲打電話就能找到良伴佳偶的怪人？

「我不擅長做飯，也不擅長帶小孩。」多田雖一頭霧水，還是老老實實地回應。

「這可眞糟糕。」田岡說。

「但我也不認識其他便利屋，只能選你了。麻煩你立刻來我家。」

多田反射性地抄下了田岡告知的地址。

「呃，請問需要的服務是？」多田問道。

「我現在沒空解釋，等你來了再說吧。啊，記得戴口罩。」

田岡似乎知道多田是便利屋，想要委託工作。既然確定不是惡作劇電話或徵妻電話，身爲便利屋當然不能置之不理。雖然對方完全沒有說明委託內容，但多田想到「增加營收」這個本年度最大目標，決定先去了再說。行天得知新年假期因爲這個臨時的工作而提早一天結束，當然是抱怨連連，但最後還是乖乖跟在多田的身邊。

多田開著發財車前往月見台，途中依照田岡的指示，在便利商店購買了口罩。田岡的住處是一棟四層樓的公寓建築，看起來至少有二十年歷史。兩人走樓梯來到了四樓。

門口掛著「TAOKA[28]」的屋主姓氏牌，但多田按了對講機之後無人回應。

「你爲什麼要接這種工作？」行天問。

「便利屋就是要隨叫隨到才有意義。如果不能在客戶需要的時候趕到，便利屋還有什麼存在價值？」多田說道。

「眞幌還有很多大規模的便利屋，有什麼非找你不可的理由？」行天繼續說道：「我看還是回去吧。這工作絕對是個燙手山芋。」

你自己不就是個會走路的燙手山芋？有資格說別人嗎？多田在心中暗罵。

「我委託附近的派報公司，在年底的報紙放了我們的夾報廣告，我想應該是那個發揮了宣傳作用吧。」

「你爲什麼要做那種浪費錢的事？」行天一臉不屑地垂下了眉毛。

「如果你沒有做夾報廣告，我們就有錢買門松了。」

到底爲何如此執著於門松？多田正想如此反問，卻見行天握住玄關大門的門把。大門顯然沒有上鎖，行天輕輕一轉，門板應手而開。

「怎麼了？」

「等等，你不能擅自……」多田正要阻止，行天卻尖聲說道：「多田，快給我口罩！」

「這傢伙搞不好是委託我們排除毒氣。」

「這種用來預防花粉症及小感冒的口罩，你覺得能夠阻隔毒氣嗎？」

行天並不理會多田的質疑，戴上不織布的口罩，脫下鞋子進入內廊。多田只好也戴上口罩跟了進去。

「打擾了，我們是多田便利軒。」

內廊的左右兩側分別有好幾扇門，正前方則是一扇玻璃門。兩人推測玻璃門後應該就是客廳，於是先往前走。

---

28 TAOKA即「田岡」的羅馬拼音。

客廳裡沒有人，也沒開燈，窗簾是拉上的狀態。但此時是大白天，自窗簾外透入微微的陽光。沙發上放著一個大旅行袋，周圍凌亂擺放著襯衫、刮鬍刀等物，不曉得是正在打包行李，還是正在拆開行李。

「我明白了，屋主一定是察覺毒氣外洩，所以逃走了，什麼都來不及拿。」行天說得斬釘截鐵。言下之意，似乎是「我們也快閃人吧」。

「不是毒氣，是流感。」

背後突然傳來模糊的說話聲，讓多田與行天同時回過了頭。內廊側邊的一扇門突然開啟，一個男人走了出來。那男人約莫三十五歲，臉上戴著口罩。

「真的很抱歉，突然把你們叫來。敝姓田岡。」

多田快速動起了腦筋，想要爲自己擅闖住家的行爲找出一個合理的解釋，但田岡神色焦急地朝兩人招手，似乎根本沒有心情在意那些雞毛蒜皮的小事。

田岡剛才走出的房間，是這間屋子的臥房。田岡的妻子躺在床上，臉色潮紅，正不住呻吟。她也同樣戴著口罩。

「我老婆從昨晚就燒到三十九度。」田岡說。

「我送她到醫院掛夜診，醫生說她得了流感，只能多休息，多補充營養及水分。」

「噢，請多保重。」多田說。

「偏偏我今天得到大阪出差一趟，明天才能回來。」

「大過年的就出差，眞是辛苦。」

「根本是折騰人。」田岡點了點頭。

「但眼前最棘手的是這個孩子。」

多田跟隨田岡的視線，望向他的腳邊。多田可以感覺到，身後的行天正在一步步往後退。一個兩歲左右的小女孩，坐在床後陰暗處的地板上，正笑咪咪地看著兩人。

「她叫美蘭。」田岡抱起了女兒。

多田沒有聽清楚，還以爲他說的是「糜爛」，正在納悶爲何會有人給自己的女兒取這種怪名字，田岡似乎看穿了多田心中的疑惑。

「美麗的美，蘭花的蘭。」田岡解釋。

「這附近沒有我們的親戚，我們跟街坊鄰居也幾乎沒有往來。所以我希望你們代爲照顧我老婆和女兒，直到我回來爲止。」

「等等，這恐怕有點……」

畢竟這關係到妻子的性命安危，多田和行天都沒有護理師及保母執照，實在不敢隨便接下這個工作。多田正要婉拒，躺在床上的田岡妻子已搶先一步睜開眼睛，有氣無力地說：「我才不要把美蘭交給陌生男人照顧，還讓他們待在家裡。」

「是啊，這確實不太妥當。」多田點頭同意。

田岡卻氣呼呼地說：「還不都怪妳！我早就說過要出差，妳還給我發燒！」

「怪我有什麼用？我又不是自己想要得流感。」

「這證明妳的精神散漫，才會缺乏抵抗力。何況若不是妳堅持一定要讓美蘭吃家裡做的菜，我還可以想辦法買便當或熟食回來，事情也不會搞得這麼麻煩。」

「給美蘭吃的東西，當然必須是最安全的。」

「妳自己吃了『最安全的東西』，結果呢？還不是得了流感！」

「我都已經身體不舒服了，你還用這種歪理來找碴！」

多田與行天見田岡夫婦越吵越凶，趕緊躲到客廳避難。取下口罩時，才發現美蘭也跟著走了出來，似乎是個不怕生的孩子。美蘭沒有理會兩人，自己打開電視與ＤＶＤ播放機的電源，爬上沙發，看起了《麵包超人》的卡通。

「這年頭的孩子眞聰明。」

多田大感佩服，在美蘭旁邊坐了下來。行天則露出驚恐的表情，抱著膝蓋坐在房間的角落，完全不敢靠近。

田岡與妻子吵完了架，走出臥房。他摸了摸美蘭的頭，接著一邊將換洗衣物塞進旅行袋，一邊遞給多田一枚印著手機號碼的名片，並提醒多田，烹煮食物時只能使用冰箱裡的食材。

「我得出門了，不然會趕不上電車。明天傍晚就會回來。」

田岡說完便拎著旅行袋匆匆出門去了。多田帶著美蘭走到玄關，送田岡離開後，敲了敲臥房的房門。等到房內傳來「請進」的回應，多田才將房門打開一道縫隙，說：「我們都會在客廳。有什麼事請儘管吩咐。」

「麻煩你們了。」田岡的妻子似乎放棄了抵抗，懶洋洋地說。

「盡量不要讓美蘭進來臥房，以免傳染給她。」

美蘭聽見母親的聲音，喊了一聲「媽媽」。

「媽媽在睡覺，我們去看《麵包超人》吧。」

多田牽起美蘭的小手。那高於大人的體溫以及微溼的觸感，令多田胸中感到一陣酸楚。

「現在怎麼辦？」

行天依然抱膝坐在地上，只將身體轉向多田。

「還能怎麼辦？」

多田打開冰箱，說：「總之先做點東西當午餐吧。美蘭，叔叔這邊會使用火，妳去跟那個叔叔玩。」

美蘭似乎是個相當聽話的孩子。多田這麼一吩咐，她立刻朝行天撲了過去。行天嚇得臉色發白，站也站不起來，只能以爬行的方式轉身逃走。但這個舉動似乎引來了美蘭的誤會，美蘭爬到行天背上，將行天當成了馬。行天一動也不敢動，美蘭開心地笑了起來。

行天，幹得好。多田趁著這段時間，以烤麵包機烤了吐司，以平底鍋煎了四份荷包蛋，然後以微波爐加熱了牛奶。

吐司、雞蛋及牛奶的盒子上都印有「ＨＨＦＡ」標誌。

家庭健康食品協會（Home & Healthy Food Association）

蛋黃確實色澤鮮豔且形狀飽滿，牛奶及吐司也有濃醇的香氣。但多田心想，生病的時候稍微偷懶，吃點不一樣的食物，應該也沒什麼大不了。多田唯一會做的就只有荷包蛋而已。

多田將午餐端到床邊。田岡的妻子只是道了謝，並沒有起床進食的意思。她躺在棉被裡，以帶有強烈警戒心的眼神看著多田的一舉一動。多田見床邊的小矮櫃上放著水杯及藥，於是將餐盤也擱在那裡。田岡的妻子見了盤裡那煎得過熟的醜陋荷包蛋，臉上流露出些許歉意。

「今天的晚餐，我本來要煮蔬菜湯、照燒鰤魚、涼拌菠菜及湯豆腐，食材都在冰箱裡。」

蔬菜湯……照燒鰤魚……

「好的，沒問題。」多田說。

「現在怎麼辦？」

行天倨立於廚房內，頭上彷彿烏雲密布，臉上的表情宛如他最嚮往的金剛力士像。多田從冰箱裡搬出所有可能用得到的食材，放在料理臺上。

「這可眞傷腦筋。」多田嘴裡嘀咕。

接下來到底該怎麼做，多田完全沒有概念。

「你好歹也體驗過家庭生活，怎麼完全不會做菜？難不成你把家事都丟給你老婆？」

「我跟我老婆的做菜能力都是腦殘等級。所以我們爲了保護對方的精神及肉體健康，採取最穩健的做法，那就是每餐都吃外食或是超市賣的熟食。」

多田停頓了一下，反問了一句：「你呢？」

行天滿不在乎地說：「我當初的婚姻根本是假的，哪會做什麼菜？」

經過討論，兩人得出結論，那就是當前的人才庫沒有人會做蔬菜湯及照燒鰤魚。

「都怪你胡亂答應。」

「不具建設性的評論，目前一概不採納。」

多田與行天就這麼站在廚房發起了愣，有如走投無路的阿形金剛力士與吽形金剛力士。

冷藏庫裡有非常適合拿來炒的高麗菜及青椒，還有只要煎一下應該就很好吃的肉。冷凍庫裡甚至還有好幾個保鮮盒，裡頭都是田岡的妻子預先做好的料理。但多田並沒有獲得使用那些東西的許可。田岡的妻子似乎在三餐的菜色上有著非常縝密的安排與規劃，絕不允許胡亂使用食材。

都這種節骨眼了，還死守著原訂的菜色規劃到底有什麼意義？多田不禁搖了搖頭，嘴裡直喊著「我眞的無法理解」。母親過度拘泥於無農藥及自家製作的料理，反而讓美蘭陷入可能會吃到超難吃料理的危機之中。

煽動民衆的危機意識，使用冠冕堂皇的詞句對民衆威脅恫嚇，是「家庭健康食品協會」的慣用手段。田岡的妻子竟然囫圇吞棗地信以爲眞，多田感到萬分無奈。

原本乖乖看著《麵包超人》的美蘭，忽然抽抽噎噎地哭了起來。行天嚇得肩膀瑟瑟抖動，不知如何是好。

多田急忙走向沙發，將手掌放在美蘭的額頭上。原本擔心是流感的症狀發作了，但摸起來體溫並不高。

「妳怎麼了？哪裡會痛嗎？」

多田一將美蘭抱起，心中登時明白了。「行天，尿布在哪裡？」

「咦？」行天一時手足無措。「在那邊的架子上……是大，還是小？」

「大。」

行天看著架子上的一袋袋尿布，卻又露出愁眉苦臉的表情。多田盡可能委婉地說：「行天，尿布沒有分『大號用』跟『小號用』。」

「咦？沒有分？」

「要怎麼預測下一次出來的是大還是小？」

「對，我正在思考這個問題。」

行天抓起一塊尿布，拋了過來。

多田細細回想從前做過的每一個步驟，先將美蘭的屁股擦拭乾淨。換女孩子的尿布，這還是生平第一次，多田不禁有些緊張。將髒掉的尿布包起時，多田察覺當年兒子所用的尿布，尺寸還比這個小得多。驀然間，多田感覺眼眶一熱，同時心頭不由得一驚。

這些年來，多田盡可能不去回想過世的兒子。因爲從不去想，多田以爲自己早就將兒子的事情忘得一乾二淨。

但眼前的這一幕，讓多田驚覺自己實在太天眞了。因爲太久不去想，所以忘了自己只是不去想，也忘了自己從未有一刻將兒子遺忘。原來兒子還活在我的心中。多田幾乎想在心中呼喚兒子的名字，幸好及時忍住。那是一種難以言喻的痛。

換完尿布，美蘭似乎感覺舒服多了，變得精力充沛，用力揮舞著一條玩具蛇。剛剛換尿布的時候，行天從頭到尾只是抱膝坐在地上，堅持不肯過來幫忙。如今恢復了朝氣的美蘭，主動朝行天湊了過去，不斷將玩具蛇甩在行天的側臉。即使遭受如此玩弄，行天依然沒有移動半分。他似乎盡可能想要將美蘭排除在視線之外。

「他很害怕孩子。因爲他永遠忘不掉自己在當孩子的時候，受過多少折磨，吃過多少苦。」

多田忽然想起行天當年的結婚對象，曾經說過這樣的話。

「乾脆打電話給三峯小姐，如何？」多田說出了行天前妻的名字。

「打給她做什麼？」

「她或許會知道蔬菜湯及照燒鰤魚怎麼做。」

「我不要。」

美蘭的玩具蛇剛好打在行天的額頭上。行天從美蘭的手中搶下玩具蛇，拋向客廳另一邊的角落。美蘭還以爲行天在逗她玩，桀桀笑個不停，搖搖擺擺地朝玩具蛇跑了過去。

「打電話問哥倫比亞人，如何？」

「露露？絕對不行！她要是太過雞婆，突然說要幫我們做，直接殺了過來，事情會很大條。你想想看，委託人的老婆現在發燒超過四十度，要是看見家裡闖進一個那種女人，臉上畫著那種妝，身上穿著那種衣服，會有什麼反應？」

對了，不曉得田岡的妻子現在身體狀況怎麼樣？要是感覺好了些，或許可以直接向她請教做法。

多田探頭往臥房內看了一眼，只見田岡的妻子睡得正熟，一張臉脹得通紅，光聽呼吸聲就知道相當不舒服。多田躡手躡腳走進去回收了餐盤。自己製作的餐點，田岡的妻子只吃了不到一半。

多田與行天都束手無策，客廳維持著凝重的沉默。唯獨美蘭心情不錯，自行將五顏六色的積木撒在地板上，開開心心地玩了起來。

「好吧，我打。」行天霍然起身：「手機借我吧。」

多田聽到行天願意打電話，登時精神一振。現在是過年期間，或許三峯凪子會趁著放假，帶小春到眞幌來玩也不一定。到時候將會是行天親生女兒小春的第一次見面。行天那有如冰凍岩石般又硬又冷的心靈，在見了女兒小春之後，或許會出現一些變化。

明知道有些雞婆，多田還是忍不住如此期待。

「喂，我是行天。」行天恢復了抱膝而坐的姿勢。

美蘭拿起一顆會發出聲音的球，不斷朝行天拋去。每當球打在行天身上，行天就會以沒拿手機的手抓起球，朝遠方扔出去。行天拋球的方向總是帶有滿滿的惡意，不是丟到桌子底下，就是丟到與客廳相通的和室房間裡。美蘭總是要花不少力氣才能將球撿回來。行天這麼做，當然是在暗示「不要靠近我」，但美蘭完全接收不到這個暗示。美蘭越玩越興奮，不斷發出類似尖叫的笑聲。至於拚命將球越拋越遠的行天，臉上則帶著好像快要尖叫的表情。

多田洗著裝午餐的餐盤，心裡總覺得行天的態度不太對勁。但由於行天講電話的口氣跟平常一樣平淡，多田也沒有想太多。心中的一抹懷疑，就這麼跟洗碗的泡沫一起流向了排水孔。

「對，蔬菜湯及照燒鰤魚。咦，不會吧？眞的假的？以妳的身分這不太妙吧？桀桀桀……好，我知道了，先這樣吧。」

行天拿著結束通話的手機走進廚房，站在多田身邊。

「我探聽到了一個天大的祕密。」

從剛剛行天講電話的口氣聽起來，他與三峯凪子的關係並不差，或許有機會恢復往來。當然不是以夫妻的身分，而是以朋友的身分。對於能夠幫助行天與三峯關係破冰，多田感到相當欣慰。

「噢？」多田點了點頭，說：「什麼樣的祕密？」

「社長好像也是個料理白癡。」

「等等！」多田猛然轉頭望向行天。

「你剛剛到底打給誰了?」
「當然是眞幌廚房的亞沙子社長。」
「你打給她做什麼!我不是叫你打給三峯小姐嗎?你那麼雞婆幹什麼!」
「你不想打電話給她,爲什麼要把她的電話號碼記錄在手機裡?」
行天又露出賊頭賊腦的笑容。此時的行天,終於稍微恢復了本來的性格。能夠遠離客廳的美蘭,對他來說似乎就像是遠離了人生最大的危機。
「所有客戶的號碼,我都會記錄在手機裡。」
多田只是單純描述事實,得到的回應卻是意有所指的「我懂、我懂」。
「社長說,除了眞幌廚房菜單上的菜,她做出來的每一道菜都像焦炭。不過她擔心這種事情如果傳了出去,可能會損害企業形象,所以她希望我們不要隨便告訴別人。」
行天越說越得意,表情簡直像是對好友宣布「學長說他沒有女朋友」的女國中生。多田心想,再聽下去,我都要變成焦炭了。
「好了,行天。別說了。」
多田抱著稱讚一條狗的心情,盡可能以溫柔的口吻說:「你煮蔬菜湯,我來煎魚。」
晚餐雖然變成了豬肉湯、乾煎鰤魚、燙豆腐及綠色的糊狀物,但勉強算是完成了。
行天擅自喝起了田岡的燒酎[29]。美蘭吃了一口完全看不出原形的菠菜,立刻就吐在桌上。

看來她不是很喜歡。

「唉，這是正常的反應。」

多田確認了美蘭的味覺完全沒有問題。有一小塊宛如綠色嘔吐物的菠菜落在美蘭胸前的圍兜上，多田也覺得有點噁心，但還是幫她用手指捏了起來。

美蘭右手拿著湯匙，左手抓起米飯及多田搗散了的魚肉放進嘴裡。從這個舉動可以看出她已經學會吃飯的時候必須拿著餐具。唯一美中不足的，是她還沒理解必須使用餐具將食物送進嘴裡。

多田將一些豆腐放在小盤子裡，爲美蘭吹涼了。美蘭卻伸手一抓，將豆腐捏成了爛泥。像美蘭這種動作已經相當靈活，而且逐漸開始萌生自我意識的幼童，多田從來沒有照顧過，當然不知如何應付。

或許是因爲多田的餵食動作太過笨拙，美蘭吃到一半忽然哭了起來。她將湯匙拋了出去，胡亂揮舞因爲飯粒及口水而變得黏答答的雙手。

此時行天突然站了起來。屋裡明明維持著舒適的室溫，他的額頭卻涔涔冒汗，全身微微顫抖，似乎不太對勁。

29「燒酎」（燒酎）是日本的傳統蒸餾酒，原料多爲大麥、番薯、蕎麥或稻米。

難不成染上流感了？還是食物出了什麼問題？多田有點擔心，正想開口詢問。

下一秒，行天突然高舉手臂，使勁將手中的空杯子拋了出去。杯子落在隔壁和室房間的榻榻米上。

「妳給我閉嘴，不然就宰了妳！」

行天喘得上氣不接下氣，肩膀劇烈起伏，聲音異常沙啞。多田嚇得站了起來。

「行天……」

多田小心翼翼地走上前去，搭著行天的肩膀：「你冷靜一下。」

行天撥開多田的手，開始劇烈咳嗽。他越咳越大聲，突然整個人趴在桌上劇烈喘氣，接著才疲軟無力地坐在椅子上。

美蘭被行天這麼一嚇，先是安靜了幾秒鐘，接著便開始大哭大叫，彷彿世界末日已經來臨。多田先確認行天勉強還維持著規律呼吸後，趕緊將美蘭從幼童安全椅上抱起。

「美蘭沒睡午覺，現在一定想睡覺了對不對？」

多田輕搖著美蘭的身體，思緒亂成一團。

剛剛那到底是怎麼回事？行天到底怎麼了？

多田第一次看見行天做出那樣的舉動，一時不知如何是好。唯一可以肯定的，是行天的心中必定棲息著某種可怕的東西，某種絕對不能碰觸的東西。如今唯一能做的，就是當作沒看見，當作剛剛發生的事情從來沒發生過。行天的心中必定也如此期盼。

多田於是裝出若無其事的態度，朝行天說道：「差不多該給她洗澡了。」

「洗澡？」

行天走進和室房間，撿起杯子，就這麼坐了下來，沒有再回到客廳。他似乎再也沒有辦法忍受與美蘭有任何接觸。不管是看見她，還是聽見她的哭聲。

「兩個陌生男人給一個小女孩洗澡，不會有問題嗎？」

「被你這麼一說，確實不太妥當……田岡太太應該也不會答應吧。」

為了保險起見，多田決定到臥房去徵詢田岡妻子的意見。

或許是因為剛剛受到太大的震驚，多田感覺自己的腳步有些虛浮。把美蘭獨自留在客廳，真的沒問題嗎？雖然行天應該不可能對孩童施暴，但美蘭已經被嚇到了，此時依然哭個不停。

多田打開臥房的門，看見田岡的妻子正從床上坐了起來。晚餐的餐盤已疊在床邊的小矮櫃上，她似乎吃了一些。

「美蘭是不是哭了？」田岡的妻子憂心忡忡地說。

她掙扎著想要下床，身體卻還是有些搖搖晃晃。

「我猜美蘭應該想睡了，需要幫她洗澡嗎？」

田岡的妻子以遲疑的口吻說道：「幫她刷好牙之後，給她喝點茶，就把她帶進來吧。接下來我來顧就行了，你們可以回去了。」

「可是……」

田岡的妻子顯然還沒退燒。要是跟孩子睡在一起，恐怕會把流感傳染給孩子。

「託你們的福，我感覺舒服多了。到了早上，應該就會退燒。」

田岡的妻子說得相當堅定。多田違拗不過，只好說：「好，我明白了。」

仔細想想，她的反應可說是再正常不過了。丈夫出差不在家，天底下有哪個女人敢跟兩個不認識的便利屋業者睡在同一個屋簷下？多田於是走到床邊收回餐盤，壓抑著想要嘆氣的衝動，回到內廊。

回到客廳一看，美蘭正獨自哭泣，行天卻已不見蹤影。

看來行天那傢伙是丟下孩子，一個人逃了。工作到一半開溜雖然是相當荒唐的行徑，但行天這一走，多田反而鬆了口氣。

剛剛行天的舉動，讓多田萌生一股難以形容的恐懼。過去行天不管言行舉止再怎麼古怪，多田都不曾對他產生懼意。因爲多田淸楚，行天雖然特立獨行，但從來不曾喪失理性。

但是剛剛的行天，顯然不是平常的行天。強烈的驚恐似乎徹底控制了行天的心靈，讓他處於隨時可能會驚聲尖叫的狀態。就連多田自己，也因爲感染了行天的恐懼，而感覺到莫名的心驚肉跳。

眼前的小女孩正在瑟瑟發抖。這讓多田產生了錯覺，彷彿正有一片足以將尖叫與反抗都徹底吞噬的黑暗力量，嗅到了小女孩的氣味，正在慢慢逼近。

多田趕緊甩甩腦袋，拋開那錯覺。多田取來牙刷，跪在美蘭面前。

「對不起，剛剛是叔叔們不好。來，我們來刷牙吧。」

美蘭並沒有張開嘴，只是抽抽噎噎個不停。剛剛行天突然性情大變，似乎讓美蘭受到極大的驚嚇，如今要再讓她乖乖聽話恐怕相當困難。多田不知如何是好，只能以牙刷輕觸美蘭的嘴唇，說：「趕快，媽媽在等妳呢。」

「媽媽……」

多田這句話似乎讓美蘭想起母親，反而哭得更大聲了。多田見美蘭張開了口，趁機將牙刷伸入美蘭的口中。由於不曉得該用多大的力道，從頭到尾可說是刷得戰戰兢兢。

接著多田讓美蘭喝了一點事先泡好的茶，便將美蘭帶進臥房。美蘭奔向坐在床上的母親，母親也緊緊抱住了美蘭，簡直像是被拆散了一百年。不管是對美蘭來說，還是對田岡的妻子來說，這半天恐怕都像一百年那麼難熬。

「謝謝你。」田岡的妻子抱著美蘭，對多田鞠了個躬。

「我現在就去拿錢包……」

「不用急，我會提供匯款帳號，請你們把錢匯給我就行了。如果不方便匯款也沒關係，只要打一通電話給我，我就會再過來一趟。等等我離開的時候，會把家門的鑰匙放進信箱，請不用擔心……那麼，請多多保重身體。」

多田交代完這幾句話便關上了房門。

離去之前，多田還將桌上收拾乾淨，並且把廚房的髒碗盤都洗起來了。不過短短半天時間，竟感覺肩膀異常僵硬。照顧孩子果然是件相當累人的事。

如果我兒子還活著，如果妻子沒跟我分手，不曉得我現在每天過的是什麼樣的生活？

多田甩掉這驀然湧上心頭的想法。家庭與健康食品……不管那唯恐天下不亂的團體繼續宣揚什麼樣的理念，都是距離自己非常遙遠的事情。

多田將散落在地板上的玩具放回玩具箱，關掉電視及DVD播放機的主電源。找來一張廣告單，在背面寫上匯款的帳號及金額，放在桌上。

接著多田來回巡視了廚房、客廳及和室房間，確認該收拾的都已收拾完畢，便關掉電燈。就在這時，多田竟聽見窗戶被人打開的聲音。一陣冷風灌進屋內，吹得窗簾不住晃動。

多田大吃一驚，轉頭望向窗戶，卻看見行天站在窗邊，反手扣上窗戶的鎖釦。行天朝多田走來，內廊的微弱燈光隱約照出了他的臉孔。

「原來你沒回去？」

多田勉強克制心中的悸動，先朝行天發話。行天沉默不語。

「你一直待在陽臺？」

行天走到多田面前才停下腳步。冬夜的寒冷空氣，彷彿依然繚繞在他的身上。

「多田。」行天以低沉且毫無抑揚頓挫的口吻說。

「我拜託你，以後別帶我來這種地方。我討厭小孩……尤其是沒辦法好好表達自己的想法，沒辦法一個人吃飯，什麼事也做不了的小孩。下次有這種工作，拜託你拒絕。」

既然這麼難以忍受，爲什麼不先回家？多田想這麼說，卻開不了口。多田心裡很淸楚，行天堅持要跟在自己身邊，是因爲他想盡一己之力幫多田的忙。另一方面，多田也深深體會到，行天的內心一直存在著黑暗面，他一直都在對抗心中的某種邪惡之物。

「我拜託你了。」

行天的身體不停微微打顫。或許是因爲冷，也或許是因爲心中壓抑著什麼。

「否則的話……」

多田的身體所創造出的陰影，讓行天有半張臉呈現一片漆黑。宛如陽光遭地球遮蔽，因而出現缺損的月亮。

在我們背後，永遠都有會在我們身上製造出陰影的太陽。

行天那另外半邊臉孔微微抽搐，眼皮遮蔽了含著淚光的眼珠。

「我不曉得自己會做出什麼事。」

你不需要感到害怕，多田想要這麼告訴行天。多田想要握住行天的手，就像剛剛對美蘭做的那樣。

你的小指頭接回來了，不是嗎？「雖然沒有辦法讓一切恢復原狀，但至少不是完全無法修復。」當初你不是這麼對我說的嗎？爲什麼你反而認爲自己不會有那一天？

但不管是藉由話語，還是藉由行動，多田都沒有表達出自己的眞正想法。

「正好，我也受夠了照顧小孩的工作。」多田最後只說了這句話：「行天，我們回去吧。」

兩人並肩走向計時制收費停車場。一路上多田感覺天寒地凍，這氣溫似乎隨時會下起雪來。多田轉頭望向行天，只見他身上穿著黑色大衣，脖子還用一條圍巾包得密不透風。

「等等，那好像是我的圍巾？」

聽見多田的問題，行天只是淡淡一笑。

「是啊，我向你借來的。」

那可是前陣子才剛買的新圍巾！多田本想這麼抱怨，又怕被行天取笑「愛漂亮」，只好默不作聲。再過一陣子，那條圍巾恐怕就會變成「行天的圍巾」吧。

坐進發財車，行天將圍巾摺疊整齊，放在膝蓋上。

「或許是因爲脂肪變少了，我總覺得今年冬天特別冷。」

「你覺得冷，是因爲年紀到了，跟脂肪無關。」

多田叼起一根菸，轉動方向盤。

「金剛力士到底幾歲啊？那個臉明明是中年人，但那肌肉絕對不可能是五十多歲吧？」

坐在副駕駛座的行天也抽起了菸。此時，他已經恢復平日那個玩世不恭又不帶任何感情的表情。

發財車朝著事務所前進，彷彿正被天上的皎潔彎月追趕著。

何處才能找到光與熱，讓冰凍之人重獲生機？

多田以祈禱般的心情思考著。

文學森林LF0198

真幌站前番外地
まほろ駅前番外地

作者

三浦紫苑

一九七六年出生於東京。
二〇〇〇年以《女大生求職奮鬥記》一書出道。
二〇〇六年以《真幌站前多田便利屋》獲直木獎。
二〇一二年以《編舟記》獲本屋大賞。
二〇一五年以《住那個家的四個女人》獲織田作之助獎。
二〇一八年以《ののはな通信》（暫譯：野花通信）獲島清戀愛文學獎。
二〇一九年獲河合隼雄物語獎。
二〇一九年以《沒有愛的世界》獲日本植物學會獎特別獎。
其他小說作品包括《強風吹拂》、《光》、《哪啊哪啊神去村》、《當墨光閃耀》、《你是北極星》等，散文作品則有《乙女なげやり》（暫譯：自暴自棄的少女）、《のっけから失礼します》（暫譯：一開始就失禮了）、《好きになってしまいました》（暫譯：不小心愛上你）等，作品數量眾多。

譯者

李彥樺

一九七八年出生。日本關西大學文學博士。從事翻譯工作多年，譯作涵蓋文學、財經、實用叢書、旅遊手冊、輕小說、漫畫等各領域。li.yanhua0211@gmail.com

裝幀設計　謝捲子@誠美作
內頁排版　立全排版
行銷企劃　黃蕾玲、陳彥廷
主　編　詹修蘋
責任編輯　李家騏、陳彥廷
版權負責　李家騏
副總編輯　梁心愉

初版一刷　二〇二五年三月三日
定價　新臺幣三八〇元

ThinKingDom 新経典文化
發行人　葉美瑤
出版　新經典圖文傳播有限公司
地址　10045臺北市中正區重慶南路一段五七號十一樓之四
電話　886-2-2331-1830　傳真　886-2-2331-1831
讀者服務信箱　thinkingdomtw@gmail.com
臉書專頁　http://www.facebook.com/thinkingdom/

總經銷　高寶書版集團
地址　11493臺北市內湖區洲子街八八號三樓
電話　886-2-2799-2788　傳真　886-2-2799-0909
海外總經銷　時報文化出版企業股份有限公司
地址　桃園市龜山區萬壽路二段三五一號
電話　886-2-2306-6842　傳真　886-2-2304-9301

真幌站前番外地 / 三浦紫苑著；李彥樺譯. -- 初版.
-- 臺北市：新經典圖文傳播有限公司, 2025.03
280面；　14.8×21公分. -- (文學森林；LF0198)
譯自：まほろ駅前番外地

ISBN 978-626-7421-64-2(平裝)

861.57　　　　114001751